TUDO TEM UMA PRIMEIRA VEZ

mariana kalil

tudo
tem uma primeira vez

1ª reimpressão

Porto Alegre • São Paulo
2015

Copyright © 2015 Mariana Kalil

Conselho editorial
Gustavo Faraon, Julia Dantas e Rodrigo Rosp

Preparação
Luciana Thomé

Revisão
Rodrigo Rosp

Capa e projeto gráfico
Humberto Nunes — Lampejo Studio

Ilustrações
Bebel Callage

Dados Internacionais de Catalogação na Publicação (CIP)

K14t	Kalil, Mariana Tudo tem uma primeira vez / Mariana Kalil. — Porto Alegre : Dublinense, 2015. 160 p. ; 21 cm. ISBN: 978-85-8318-069-2 1. Literatura Brasileira. 2. Crônicas Brasileiros. I. Título. CDD 869.987

Catalogação na fonte: Ginamara de Oliveira Lima (CRB 10/1204)

Todos os direitos desta edição
reservados à Editora Dublinense Ltda.

Editorial
Av. Augusto Meyer, 163 sala 605
Auxiliadora — Porto Alegre — RS
contato@dublinense.com.br

Comercial
(11) 4329-2676
(51) 3024-0787
comercial@dublinense.com.br

índice

Participei de um concurso de beleza 14
Vomitei em um jantar de gala 18
Sofri um assalto 25
Aprendi a dizer não 29
Fui dona de cachorro 35
Fiz parte de um grupo terrorista 39
Corri uma prova de rua 43
Tive meu próprio guarda-roupa 49
Meditei 52
Fui curadora de uma semana de moda 57
Chamei a polícia 61
Subi a escadaria fenícia 66
Fiz espaguete de pupunha 73
Quebrei um dente 79

Bati o carro 84
Descobri meu estilo 88
Saí do corpo 91
Voei de teco-teco 96
Comi pa amb tomàquet 104
Não me perdoei 109
Chorei lendo um livro 111
Meu corpo falou 115
Aprendi a diferenciar maçãs 122
Achei que fosse morrer em um acidente aéreo 127
Cobri como repórter uma partida de futebol 135
Morei na Califórnia 140
Desfilei na Marquês de Sapucaí 146
Fui uma fã apaixonada 151

À minha família, testemunha das mais importantes e mais improváveis de todas as primeiras vezes

Acredito que viver só tem sentido quando temos histórias para contar. Acredito que, para ter histórias para contar, basta dar atenção ao que se vive, por mais simples que seja. Aliás, quanto mais simples, melhores as histórias.

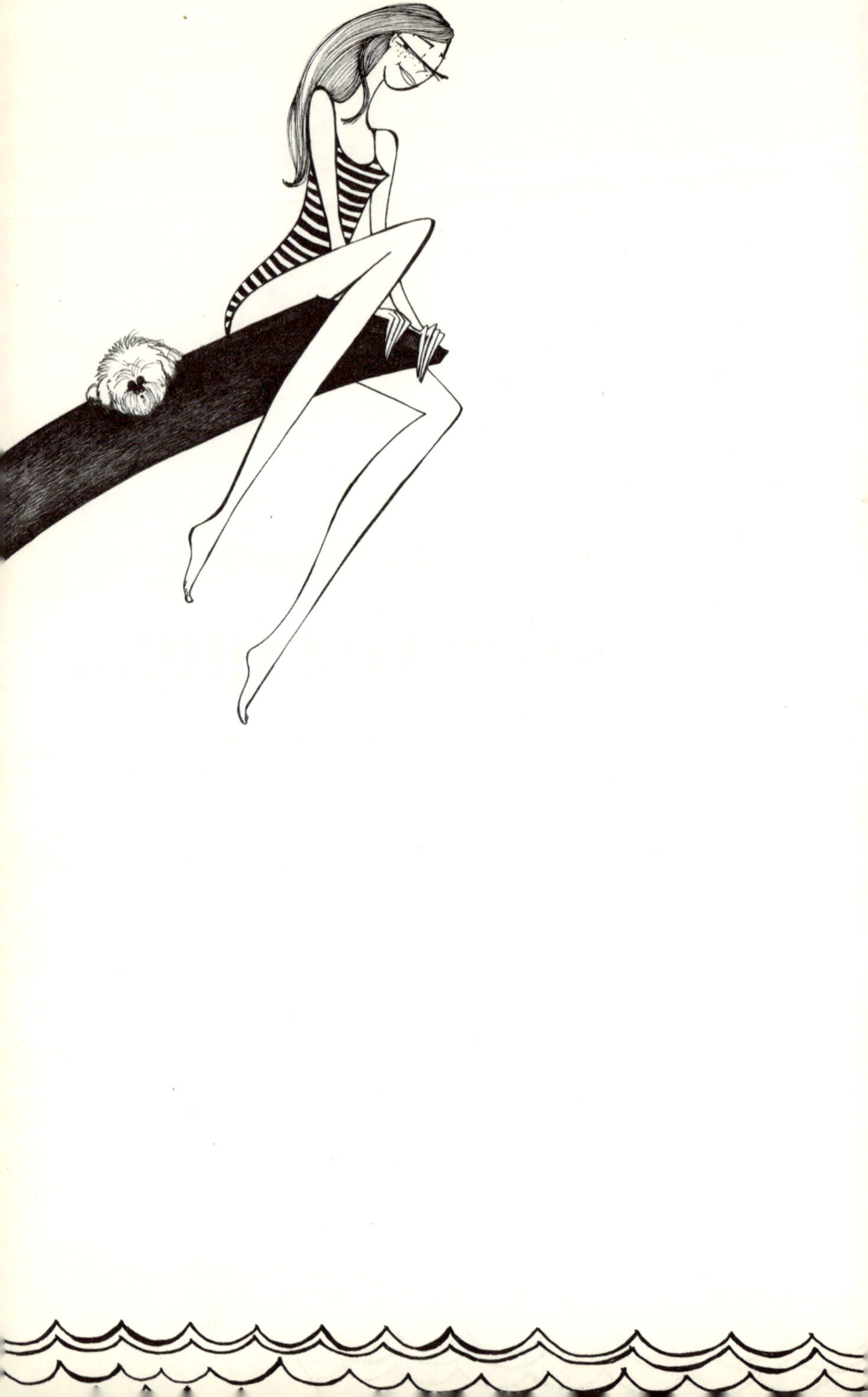

a primeira vez que...

Nunca vou saber como foi a primeira vez que sorri ou chorei. Tampouco a primeira vez que caí e levantei ainda aprendendo a me equilibrar nas fraldas. Foram primeiras vezes marcantes, tenho certeza, e gostaria de poder observar meu rosto em cada um desses momentos. Infelizmente, certos instantes não ficam registrados na memória. Por sorte, não são os únicos. A vida é um eterno começar, uma série de incontáveis primeiras vezes — das mais sublimes às mais bizarras. Este livro se dispõe a falar sobre algumas delas.

O desafio foi lançado, e eu aceitei. Analisar as 28 primeiras vezes relatadas aqui serviu como embarcar numa jornada a um passado remoto ou recente. Dezenas de histórias ficaram de fora. Não tinha como ser diferente. Estamos sempre experimentando sucessivas estreias que se acumulam ao longo da nossa trajetória — seja a viagem a um destino desconhecido ou a surpresa com a descoberta de algum sabor inusitado. O repertório nunca acaba. Sempre existirá uma novidade. Para tudo, haverá sempre uma primeira vez.

Participei de um concurso de beleza

Nunca fui musa da sala de aula até porque não nasci com atributos para tal. Era bonitinha, mas esse não era o maior alívio. Alívio mesmo era passar incólume pelos apelidos carinhosos designados a algumas colegas. Não tinha bunda de saúva, nem orelha de elefante, não era gorda feito uma orca e nem feia como um dragão, segundo a ótica masculina. Não posso dizer, no entanto, que fui uma jovem cem por cento feliz com minha aparência. Teve uma época que chegaram a pensar que padecia de dismorfobia, também conhecida como síndrome da distorção corporal. Ela acomete sobretudo os adolescentes, e as vítimas são aquelas pessoas que sofrem devido à preocupação obsessiva com algum defeito inexistente ou mínimo na aparência física. No meu caso, a barriga. Não podia passar na frente de um espelho sem olhar para a barriga. Bastava comer qualquer coisa para levantar a blusa e espiar a barriga. Tinha a sensação de que ela crescia com o ar.

Usar biquíni era um problemão. Não havia jeito de botar a barriga de fora, muito menos na beira da praia.

Quando o advento do sunkini foi lançado, no verão de 1987, tornando viável esconder a pança em uma calcinha mais alta, minha mãe entrou em casa correndo com um exemplar na mão.

— Olha, filha! Esta parte de baixo é mais altinha e esconde o umbigo — comemorou, tirando o traje da sacola, diante da minha cara amarrada e desconfiada.

Apesar desses pesares, não fui nem de perto uma adolescente complexada. A barriga incomodava um pouco, mas era só — o que não validava, ressalve-se, participação em qualquer passarela de beleza. Mas o que a gente não faz em nome da amizade? O tradicional concurso de rainha do colégio estava com as inscrições abertas e era preciso indicar uma representante de cada sala de aula. Estávamos no ano de prestar vestibular, seria a última participação da turma. Todas as beldades com reais chances de brigar pelo título já tinham concorrido nas edições anteriores — e agora tentava-se identificar qual era a aluna do segundo escalão que não faria feio na defesa da classe.

— Tu, Mariana! — apontaram, um belo dia quando voltava do recreio.

— O quê? — perguntei, me ajeitando na cadeira.

— Tu vai ser nossa candidata a rainha do colégio — disseram.

— Nem pensar! — respondi.

Com meu barrigão? Não havia a menor possibilidade. Tampouco havia chance de ser voz dissonante naquela turma de formandos unidos em que 42 diziam "sim" e uma voz solitária berrava "não". Fui vencida. Levei o assunto para foro familiar, inclusive porque precisava de patrocínio para providenciar o traje para o concurso: um vestido estilo recepção. Mãe marcou hora no ateliê do costureiro Rui Spohr. Se era para se expor desse jeito, pelo menos que tivesse uma forcinha do melhor estilista da região Sul do Brasil. Rui confeccionou sob medida um modelo tomara que caia preto de tafetá de comprimento um pouco acima do joelho. A jogada do mestre para esconder a barriga enorme que só eu enxergava consistia em uma espécie de peplum — uma aplicação de volume extra em forma de babado que marcava bem a cintura alta até o início dos quadris. Por baixo daquele babado, via-se com discrição um enorme laço vermelho do mesmo tecido. Um luxo de vestido.

No cabelo que roçava o cóccix, fiz uma linda escova — e fixei para o lado direito, com quilos de um gel azul melequento, a franjinha com espírito de cantor sertanejo. Todas concordavam que Ana Carolina, uma loira de olhos verdes, com rosto de Brooke Shields e voz rouca — o que lhe rendia o apelido de Ana Machadão — era a grande favorita ao título. Havia outras duas fortes candidatas a princesas — e o restante, como eu, pertencia à vala comum do salve-se quem puder. A família inteira fez-se presente, acomodada na plateia, ao redor da passarela, e a turma do colégio, que tinha inventado aquela sacanagem, ao menos engajou-se em uma fervorosa torcida organizada. Empoleirou-se em uma das galerias do salão com apitos, faixas e gritos de toda ordem.

Tudo havia sido bem ensaiado durante a tarde. Exibindo o devido número de identificação na mão esquerda, as candidatas receberam a orientação para caminhar em direção à mesa dos jurados, andar para a esquerda, depois para a direita, voltar ao centro da mesa, ficar de costas e bater em retirada. Fiz tudo conforme mandava o figurino e retornei aos bastidores à espera do grand finale. Voltamos a entrar todas juntas, em fila indiana, para o anúncio da aclamada rainha e suas duas princesas. Então, o inesperado aconteceu. Meu nome foi anunciado efusivamente pelo mestre de cerimônias no sistema de som. Cheguei a pensar se havia outra Mariana do terceiro ano B, mas não. Aquela Mariana era eu. Dei alguns passos à frente e fui condecorada com uma linda faixa branca com as laterais bordadas em vermelho, na qual se lia Miss Simpatia.

A condecoração teria contribuído enormemente para elevar ao máximo a autoestima, não fosse o diálogo travado com meu pai na ida para o concurso.

— Se não ganhar nada, não tem problema — dizia ele, antevendo o óbvio.

— Eu sei, pai.

— É melhor até não ganhar nada do que sair de lá com a faixa de Miss Simpatia.

— Por quê, pai? — quis saber.

— Miss Simpatia é prêmio de consolação para a mais feia de todas, minha filha.

Vomitei em um jantar de gala

Desde que o mundo é mundo, o organismo reage a situações de adversidade com maior ou menor intensidade, de acordo com as características individuais e a capacidade de adaptação de cada um. Nosso corpo, ao tentar se adequar a momentos de tensão e ansiedade, libera descargas hormonais. É o chamado estresse, que surge quando temos medo de enfrentar algo novo, insegurança em tomar decisões, preocupação com o futuro e outras tantas circunstâncias. A partir daí pode-se iniciar o processo de somatização, meu velho conhecido.

Ele nada mais é do que a tendência de transferir para o corpo — e manifestar em forma de sintomas ou doenças — as situações conflitantes do dia a dia. Algumas pessoas sentem opressão no peito ou dores de cabeça; outras sofrem de dores musculares, devido à tensão; algumas manifestam sintomas gastrointestinais como dores estomacais, diarreias e vômitos. Ah, os vômitos... Vomitar em lugar impróprio, eis um talento nato da Mariana. "Porquear" em um jantar de gala rodeada de convidados ilustres, top models internacionais e membros da realeza britânica, tendo como cenário o Museu de História Natural de Londres: eis a vomitada apoteótica da minha existência.

Era uma repórter em início de carreira quando fui convidada para participar do lançamento do Calendário Pirelli, na terra da rainha. Nos idos 1997, não tinha ideia que esse negócio existia. O Calendário Pirelli é uma publicação anual cujas origens remontam a 1964. Costuma reunir fotógrafos de prestígio e grandes ícones femininos em edições históricas e retratadas nas paisagens mais deslumbrantes do planeta. Em mais de cinco décadas de existência, lentes poderosas revezaram-se registrando a nudez artística de modelos e personalidades em folhinhas que passam distantes anos-luz das paredes de borracharias. Até desembarcar para um curto período de três dias em Londres, não tinha noção da inquietude que carregava no peito em função desse evento. Estava entusiasmada, claro, com a oportunidade de participar de um jantar de gala rodeada de celebridades internacionais em um dos cartões-postais da Inglaterra, mas também sofria com preocupações mundanas do tipo "o que vestir?".

Para não correr riscos, optei pelo tradicional pretinho básico. Ajeitei o traje na mala envolto em um papel de seda e coloquei na nécessaire base, rímel, blush em tom pêssego e um duo de sombras rosadas. Na chegada ao hotel, a primeira providência foi tirar o traje da mala, solicitar o serviço de lavanderia pelo telefone, espalhar a nécessaire na penteadeira, me assegurar de que nada tinha sido esquecido e sair para dar uma volta pela cidade. O passeio foi interrompido na esquina seguinte. Uma dor forte apoderou-se do meu estômago. No caso da Mariana, doença mais conhecida como gastrite nervosa. "Estou nervosa?", pensei. "Não me sinto nervosa", continuei pensando. Sentei em um banco próximo e resolvi travar uma conversa comigo mesma, enquanto apertava a boca do estômago: "Está nervosa por quê, Mariana?", me perguntei. "Está tudo certo, o avião aterrissou direitinho, a roupa de amanhã à noite está organizada no quarto do hotel, tu está em Londres, olha que maravilha! Agora vai passear, olhar vitrines, almoçar em algum lugar bacana, tem dinheiro até para umas comprinhas! Tu não queria um casaco preto legal? Então! Vai passear, comprar teu casaco... Não é motivo para estar feliz em vez de estar aí, feito um pobre bicho se contorcendo de dor no meio da rua?". Realmente, aquela cena não tinha nenhum cabimento.

Peguei o metrô direto para Camden Town a fim de vivenciar um pouco aquele espírito londrino, almocei em pé um shawarma para não perder tempo, encontrei o casaco preto com que havia sonhado, continuei batendo perna esquecida da vida e só fui lembrar dos nervos à flor da pele ao sentar no metrô para o trajeto de volta ao hotel. A queimação na boca do estômago permanecia viva para me atormentar. "Não é possível", pensei. "Qual é o problema agora, Jesus?", continuei pensando. "Vou passar três dias em Londres sofrendo de gastrite nervosa? É isso mesmo? É muita idiotice". A voz compreensiva de outrora havia cedido espaço para um raciocínio indignado. Uma Mariana enfurecida gritava coisas horríveis na cabeça da Mariana combalida. Era óbvio que aquele bate-boca mental não resultaria em coisa boa. Comecei a ficar enjoada dentro do metrô lotado. "Ótimo, agora para completar estou com náusea", pensei. "Está tudo bem, Mariana. Respira que passa". Não passava. Não havia o que dissesse a mim mesma que fosse capaz de aliviar o sintoma de uma "porqueada" iminente. Aquela queimação na boca do estômago havia tomado forma e temperatura e iniciava sua subida sem escalas rumo à garganta. "Vou vomitar no metrô lotado", foi a última coisa que pensei antes de tirar o casaco recém-comprado da sacola e devolver dentro dela a metade do shawarma do almoço.

A outra metade eu botei para fora no meio da estação mesmo. Tão logo o metrô abriu a porta, na parada seguinte, saltei lá de dentro para expelir carne de cordeiro misturada com pasta de alho ao lado daquelas máquinas de refrigerante em uma legítima apresentação escatológica.

Acordei melhor na manhã seguinte e achei por bem ficar pela vizinhança até a hora de dar início aos preparativos para o compromisso oficial daquela viagem com ares de martírio. Me enfiei no vestido preto, prendi o cabelo em um rabo de cavalo, fiz o que consegui com o duo de sombras rosadas e parti rumo ao Museu de História Natural. O evento era realmente grandioso. Canhões de luzes iluminavam estrategicamente o prédio conhecido como Waterford Building. Um imenso tapete vermelho conduzia os mil convidados para o interior da construção, que abriga mais de 70 milhões de espécimes — de micro-organismos a esqueletos de dinossauros, mamutes e baleias —, formando o maior e mais importante acervo de história natural do mundo. Conduzida a um grupo de recepcionistas, devidamente identificada e de posse do número da mesa em que deveria sentar, entrei na grande ala central do museu, onde era servido um coquetel de boas-vindas em meio ao esqueleto de um dinossauro com pescoço de girafa.

Fiquei ali pela volta até que grandes portas se abrissem para outro grandioso salão, repleto de mesas redondas de 12 lugares cada uma. Procurei a mesa número 1 e me acomodei em uma das cadeiras. A mesa tinha uma visão privilegiada de uma linda escadaria que terminava em um pequeno palco. "Me dei bem", pensei. Em pouco tempo, ela já estava com os lugares ocupados e exigia daqueles convivas que nunca tinham se visto na vida um bate-papo sem fim sobre qualquer tipo de amenidade. Se tem coisa que odeio é fazer social. Se tem outra coisa que odeio é falar amenidades com quem não conheço. Piora ainda mais em uma segunda ou terceira língua. Não tardou para a gastrite nervosa me lembrar que existia — e sobrevivia heroicamente à overdose prévia de Omeprazol. "Isso não pode estar acontecendo", pensei, enquanto ouvia, com um sorriso amarelo e quase debochado, um senhor escandinavo de bochechas vermelhas alardear a maravilhosa diversidade biológica do planeta exposta naquele lugar.

O garçom aproximou-se oferecendo champanhe e pedi uma água com gás na tentativa de administrar o desconforto. Perguntei onde ficava o toalete para já deixar traçada a saída de emergência, caso necessário. Coloquei o guardanapo no colo para receber a entrada de salmão com folhas verdes e damasco em passas. Mal o garçom depositou o prato na minha frente, o aroma do peixe defumado embrulhou ainda mais o estômago. Coloquei uma garfada e outra na boca, imaginando o manjar de uma canja de galinha. Além de gerenciar o mal-estar, precisava controlar para que a boca cheia não coincidisse com a necessidade de comentar qualquer amenidade a fim de manter aqueles diálogos enfadonhos. Uma senhora inglesa e elegante, mestre de cerimônias do evento, aproximou-se da mesa para comunicar que ali estavam sentados os diretores da Pirelli, nada menos do que os responsáveis pela publicação do calendário e daquela festa grandiosa, e que o lugar vago ao lado deles estava destinado a receber a visita ilustre de Diana, a ex-princesa de Gales e mais nova solteira da praça. Foi como se um alien tivesse despertado do além e aberto a boca esfomeado dentro do meu estômago. A dor beirava o insuportável.

Diana chegou quando o prato principal começava a ser servido — e o alien alucinado ameaçava saltar pela minha boca. Cumprimentou a todos com voz baixa e um leve aceno de cabeça. Não jantou. Ficou pouco tempo, o tempo necessário para ver, ser vista, circular e cumprir protocolo. Durante o pouco tempo de Diana diante do meu nariz, travei uma batalha inglória com aquele maldito prato de carneiro com molho de menta, legumes e purê de batata-doce. Eu engolia, ele ameaçava voltar, engolia, ele ameaçava voltar. Até que voltou. A garfada derradeira de purê fez um looping no meu estômago e iniciou seu caminho de volta. Larguei os talheres, arregalei os olhos e não quis acreditar que aquilo estivesse acontecendo. Espiei o trajeto até o banheiro, longe demais.

Passei os olhos pelos outros integrantes da mesa, ninguém notava a minha existência. Estavam distraídos com mil assuntos. O caminho estava livre. Então, do alto da elegância que sequer imaginava possuir, puxei o guardanapo de pano do colo, fingi uma leve tosse, virei levemente para trás e fiz dele uma trouxa empapada de salmão defumado misturado a damascos secos, carneiro e purê de batata-doce com menta. Voltei a espiar a mesa, todos continuavam entusiasmadíssimos com a festa. Cogitei levar aquele pano úmido e fedido até o lixo mais próximo, mas não havia espaço para ele na minha fina clutch de pedrarias. Tampouco seria sofisticado de minha parte sair abanando aquele guardanapo vomitado feito coquetel molotov por narizes inocentes. Em resumo, não tinha escolha. Me certifiquei de que o explosivo estava bem fechado e ousei um risco calculado, um arremesso embaixo da mesa com destino final bem no centro dela. Contei mentalmente até três e lancei aquela bomba nuclear em um voo cego e sem escalas que, salve, chegou ao destino sem detonar.

Desde então, sempre penso que, se um dia tudo der errado e me sentir perdida, sem saber o que fazer da vida, posso criar um curso de etiqueta em dois módulos:

1) Como vomitar com elegância em um jantar de gala.

2) Maneiras de se livrar do vômito com requinte e classe.

Não tivesse desaparecido precocemente naquela tragédia na Ponte d'Alma, em Paris, poucos meses depois, tenho certeza de que Diana se candidataria a minha garota-propaganda.

Sofri um assalto

Por mais que a gente leia, ouça, aprenda e saiba que não se deve reagir a assaltos, que não se deve fazer movimentos bruscos diante dos bandidos e jamais fitá-los nos olhos, só vamos conhecer mesmo qual será nossa reação quando sofrermos uma tentativa de roubo. O cenário piora muito com uma arma apontada na cabeça. Foi assim, em grande estilo, que estreei no mundo das vítimas de um assalto a mão armada. Minha irmã e eu chegávamos em casa, domingo por volta da meia-noite, de carona com meu marido, na época namorado. Vínhamos de um churrasco animado na casa de amigos, realizado com o propósito de ensaiar a letra do samba-enredo que aquela turma de dez foliões entrosados entoaria no Carnaval de 2008, na Marquês de Sapucaí. A rua estava vazia, quando Chico embicou o carro na garagem para descermos com segurança. Ainda não tinha puxado o freio de mão, um barulho se fez ouvir na janela do motorista. Do lado de fora, um cidadão de moletom branco e boné azul enfiado na testa falava algo em tom rude e gesticulava demais.

— Quem é essa pessoa? — perguntei, imaginando algum amigo em horário inapropriado de visita. — Vocês conhecem?

— É um assalto, Mariana — respondeu o Chico. — Desçam rápido do carro.

A dificuldade de me dar conta das coisas em situações de emergência é uma característica que trago de berço e manifestada já nos primeiros anos de infância. Quando era pequena, brincava de jogar bola com um primo no parque perto de casa quando senti uma mão agarrada no meu pescoço, uma mão pesada, que dava uma volta na corrente de ouro comprida que levava pendurada e tentava de todas as formas arrancá-la — me degolando, se preciso fosse. Só que a corrente era grossa, pesada e não rompia com facilidade. Quanto mais a mão daquela pessoa atrás de mim puxava a corrente, mais machucado ficava meu pescoço e mais enforcada me sentia, sem imaginar o que pudesse estar acontecendo. Por sorte, meu primo, de percepção bem mais apurada, correu gritando em minha direção, provocando a fuga do bandido que não queria lucrar alguns cruzeiros levando nas costas o bônus de matar uma criancinha.

— Tu está bem? — ele quis saber, apavorado.

— Quem era esse teu amigo? — perguntei, sem entender o motivo da violência gratuita.

— Não era um amigo! Era um ladrão! — ele respondeu, diante do óbvio.

— E o que ele queria?

— Roubar a tua corrente!

Na primeira ordem do Chico para descer do carro naquele domingo de madrugada, diante do cidadão falante e de olhos esbugalhados, minha irmã saltou na calçada, com os braços para cima, seguindo com precisão o manual de segurança durante o roubo. Eu não. Eu permaneci sentada no carro, de cinto de segurança afivelado, imaginando que espécie de cidadão malcriado era aquele disposto àquela brincadeira naquela hora da noite.

— Mariana, desce do carro agora — insistiu o Chico.
— Mas o que está acontecendo? — eu respondi.
Chico virou-se para o bandido:
— Só desço depois que ela descer — disse ele pela fresta da janela.
Voltou a virar para mim:
— É um assalto, Mariana! Desce do carro! — repetiu, querendo esganar a amada.

Na calçada, o assaltante de boné colocou o cano do revólver na cabeça do meu futuro marido e desferiu dois pontapés em suas pernas.

— Isso é por ter demorado a descer do carro! — gritou.
Enquanto isso, no lado do carona, Mariana, com a porta aberta, desafivelava seu cinto sem nenhuma pressa, pegava sua bolsa, descia calmamente, colocava sua bolsa no ombro e observava sem sobressaltos o caos instalado. Enquanto Chico apanhava e Lulu permanecia imóvel e apavorada de braços para cima, Mariana assistia a tudo como se estivesse em estado de meditação contemplativa. Faltava apenas pedir um momentinho de atenção a todos e convidar para entrar e tomar um cafezinho.

Os bandidos eram três. O nervosinho da calçada e dois comparsas dentro de um carro atrás de nós.

— Tem bloqueador? Tem bloqueador? — perguntou o nervosinho.

— Não tem bloqueador — respondeu o Chico, com as mãos na cabeça, olhando para o chão.

— Se tiver bloqueador, a gente volta para te matar — ele avisou.

Não fiquei na rua para acompanhar o desfecho da novela do bloqueador. Diante daquela gritaria, procurei a chave de casa dentro da bolsa, abri a porta, entrei, sentei no sofá da sala e ali fiquei, esperando que aquele mal-entendido terminasse. Sem carro, mas com vida, Chico espancado e Lulu desnorteada entraram alguns segundos depois e me encontraram feito uma lady, de pernas cruzadas, olhando para um fundo infinito.

— O que houve? — perguntei.

— Liga para a polícia — disse o Chico.

— Era um assalto? — estranhei.

Não se tratou de uma reação isolada de vítima alienada. Duas semanas mais tarde, desta vez em outro endereço, tivemos outro carro fechado nas mesmas circunstâncias por outro trio de assaltantes armados. Só que desta vez eu havia aprimorado ainda mais o meu know-how de pessoa sem noção. Desafivelei o cinto, desci e pedi licença ao comparsa da calçada, que insistia em nos levar de reféns, para pegar no banco de trás uma linda cesta toda trançada nas cores rosa, branco e lilás que havia comprado em uma loja de design em Buenos Aires. Afinal de contas, o que estava acontecendo mesmo?

Aprendi a dizer não

O programa estava armado: cinco amigas livres, leves e soltas de carro pelas estradas do Brasil. Origem: Porto Alegre. Destino: Rio de Janeiro. Poderia existir liberdade maior do que saracotear sem censura na Cidade Maravilhosa? Poderia, se eu soubesse dizer "não". Definitivamente eu não queria ser uma das cinco amigas livres, leves e soltas no Rio de Janeiro naquele verão de 1992. Um dia quis, mas, na véspera da viagem, não queria mais. Tenho o hábito de mudar de ideia e vontade com bastante facilidade. Inclusive, não faço planos de um dia para o outro e comumente meus desejos variam de acordo com o turno. O humor também. Pessoas como eu não podem planejar férias com antecedência. E havia cometido o pecado mortal de permitir que minhas amigas armassem toda a viagem dois meses antes e tendo em vista um profundo agravante: no meu carro, comigo de motorista. Como voltar atrás sem saber dizer não? Esta era a resposta que tentava encontrar do lado de dentro do banheiro, catatônica, trancada e exilada, sentada na tampa da privada, com as duas mãos segurando o queixo e olhando fixamente para o chão.

Aprender a dizer não é uma das coisas mais difíceis que existem. Porque desagradar é muito complicado. A mania que temos de agradar os outros acaba sempre nos desagradando e nos afastando mais e mais de quem somos de fato — e naquele verão de 1992 eu não incorporava o espírito aventureiro de uma adolescente disposta a pegar a estrada para badalar longe de casa. Não queria viajar 1.200 quilômetros até as águas límpidas e as areias douradas da paisagem carioca. Preferia percorrer 250 quilômetros para levar rajada de vento na cara e relhada de areia nas pernas no chocolatão da praia do Cassino. Como se resolve isso? Simplesmente dizendo não.

Dizer não é essencial para a nossa felicidade e bem-estar. Não, eu não quero. Não, eu não gosto. Não, eu não vou. Simplesmente não. O "não" não é uma ofensa. É apenas uma resposta negativa. Alguns indivíduos têm a necessidade de sempre agradar os outros, e nesse cenário realmente fica difícil negar alguma coisa a alguém. Até aquele momento dos meus 20 anos, somava essa estatística. Não entendia que a minha vontade era tão importante quando a vontade de qualquer pessoa, que os meus desejos, os meus gostos, os meus sentimentos, enfim, tinham o mesmo valor que os de quem quer que fosse.

Só restava, portanto, a sensação de estar enfiada em uma enrascada profunda — e o refúgio na privada do banheiro não podia representar melhor o meu estado de espírito. Devo ter ficado uns bons 20 minutos naquela posição de exílio. Então, achei que estava na hora de tomar alguma providência, restava saber qual. Levantei, lavei o rosto, abri a porta e fui caminhando, arrastando os pés feito condenada, em direção ao quarto sem nenhuma conclusão sobre nada. Meu quarto estava virado. O guarda-roupa inteiro jazia sobre a cama ao lado da mala vazia. A viagem estava marcada para a manhã do dia seguinte. O despertador tocaria às seis, eu passaria cedo na casa de cada uma delas e sairíamos lépidas e faceiras: "Rio de Janeiro, aí vamos nós!". Mas não.

Sentei na beira da cama e fiquei ensaiando um arsenal de desculpas. Pensei em matar alguém da família, alguém distante, o que exigiria uma repentina mudança de curso contra a minha vontade, claro. "Vocês não vão acreditar... Meu tio acaba de falecer. Uma gripe! Uma gripe boba que virou uma pneumonia horrorosa e tornou o quadro irreversível! Nem me fala, um sofrimento... Vou ter que ir ao enterro". Matar alguém da família é sempre uma boa desculpa porque a pessoa contrariada pelo fato não pode argumentar — e a gente não precisa ficar defendendo nossa posição. Morte é morte, não se discute. O problema, porém, é o castigo que pode vir com a mentira. "E se eu matar meu tio que não tem nada a ver com essa história de Rio de Janeiro e ele morrer mesmo? Como é que faço para me livrar da culpa? E se eu matar meu tio e for castigada com a morte do meu cachorro? Vou passar o resto da vida ouvindo uma voz martelando 'Viu o que acontece quando a gente assassina pessoas inocentes?'".

Senti um pequeno enjoo. Aquele desarranjo mental fazia alguma coisa se contorcer dentro da barriga, subir pelo esôfago e ameaçar voar pela boca. Saí em disparada para o banheiro. Mal coloquei o pé na porta, um jato de vômito verde se chocou contra o espelho. Eu era a própria encarnação da atriz Linda Blair, a menininha possuída do filme *O exorcista*. Olhei no espelho, estava branca e suava frio. Tinha vômito nas pontas dos cabelos e vômito escorrendo na imagem moribunda refletida no espelho. Aquela cena deprimente provocou novo enjoo mergulhei a cabeça dentro da privada para terminar no lugar certo a lambança que havia começado no lugar errado. Puxei a descarga, limpei o espelho, voltei para o quarto, sentei na beira da cama, olhei para a mala e a cena se repetiu: enjoo, correria, banheiro, jato de vômito no espelho, mergulho na privada — e desta vez também um pouco de fraqueza.

Era noite, já havíamos jantado e a casa preparava-se para dormir. Sem querer incomodar pai e mãe, desci as escadas com as pernas bambas rumo ao tanque a fim de buscar utensílios para a faxina. Mal abri a porta do pátio, fiquei tonta. Não era apenas um novo enjoo que sentia, alguma coisa estava errada, o mundo girava. Me apoiei no trinco da porta buscando algum ponto estático de contato, mas não adiantou. Percebi que perderia os sentidos, que cairia dura ali naquele pátio escuro, com cabelo e roupa vomitados, feito uma indigente e sem ninguém para acudir. "Vou desmaiar", pensei.

— Manhêêêê, vou desmaiar!

O que parecia um grito interno soou na verdade como um grunhido empapuçado. Minha última lembrança foi a queda livre de queixo no chão, o que provocou um barulho fortíssimo devido à fratura das duas mandíbulas. No segundo andar da casa, minha mãe não ouviu meu pedido de socorro e sim o estalo do queixo na laje de pedra.

Fui achada de bruços, com os braços esticados para trás, me debatendo feito uma britadeira contra o chão. Estava sofrendo uma convulsão cerebral. A incapacidade de dizer não rendeu oito pontos no queixo e uma série de exames neurológicos — até que fosse diagnosticado que a convulsão não havia sido a causa de nada, mas a consequência da queda bruta e da fratura das duas mandíbulas. Tive uma convulsão cerebral porque não soube dizer não. Aprender a dizer não nada tem a ver com egoísmo. Trata-se de amor-próprio — e amor-próprio nada tem de feio. É o amor-próprio que faz com que não permitamos que nada nem ninguém tire de nós o valor que temos por nós mesmos. Ter amor-próprio é se admirar, é se valorizar, é se cuidar, é se respeitar, é ser importante para si mesmo. Aquele dia eu entendi que o "não" significava também a preservação da saúde física e mental.

A partir daquele dia, aprendi a dizer não. Quando não quero alguma coisa, simplesmente digo não. Sem raiva nem emoção. Apenas uma palavrinha pequena e negativa: não. O não é o meu limite, um direito que só eu tenho de decidir o que desejo ou não fazer — e isso tem um nome: dignidade. Lembro sempre de uma frase que a atriz Marília Pêra usou para exemplificar a importância de saber dizer não para ser mais feliz. Marília havia recusado um projeto importante, e uma atriz, em início de carreira, falou para ela: "Lógico que você pode dizer não, afinal, você é a Marília Pêra!". Ao que ela respondeu: "É justamente o contrário. Eu só sou a Marília Pêra porque aprendi a dizer não".

Se eu fui para a praia do Cassino? Não. E para o Rio de Janeiro? Lógico que não. Fiquei em casa de queixo cortado e mandíbulas fraturadas, tomando anticonvulsivos durante um ano e em observação.

Fui dona de cachorro

Sou filha de mãe cachorreira e de pai que jogou a toalha na batalha contra cachorros dentro de casa. Os três filhos da dona Iolanda e do doutor Renato herdaram o gene materno (perdeu, papai!). Não lembro de crescer sem cachorros na volta. Quando mudamos de apartamento para casa com jardim, eles se multiplicaram — e eu ganhei de presente meu primeiro cão: um cocker spaniel preto, a quem batizei de Snoopy.

Snoopy entrou na minha vida em um momento delicado, em que acabara de trocar de turma e de escola. Mais do que alimentá-lo e levá-lo para passear, tornou-se meu confidente. Éramos unha e carne, capazes de sentir as mesmas dores, chorar as mesmas lágrimas, sorrir das mesmas coisas. O meu quarto era nosso. De segunda a sexta-feira, quando madrugava para ir para o colégio, dava duas batidinhas no colchão. Era o que bastava para ele decodificar o sinal. Tomava conta da cama e dormia com a cabeça no travesseiro e o cobertor até os dentes. Ai de quem tentasse entrar no templo sem ser convidado.

— Dona Iolanda, não consigo arrumar o quarto da Mariana — queixava-se a Lorena diariamente.

— Tira o Snoopy de lá, Lorena — dizia minha mãe.

— Não consigo, Dona Iolanda. Ele rosna feito um leão.

Não havia felicidade maior do que chegar do colégio e encontrar o Snoopy abafado, roncando de barriga para cima, com um quarto inteiro para chamar de seu. Saí da infância para a pré-adolescência tendo o Snoopy como testemunha. Terminei o colégio, prestei vestibular, entrei na faculdade, me formei em Jornalismo e consegui meu primeiro emprego dividindo e comemorando com ele cada etapa de uma nova fase da vida. Enquanto crescia e me tornava mulher, Snoopy conhecia as limitações da idade. Perdeu a visão de um olho, depois de outro e já não caminhava com a mesma desenvoltura. O focinho branco era a marca indelével de que o tempo jamais compra passagem de volta.

Ele acabara de completar 12 anos quando, um belo dia, fui até o quarto convidá-lo para jantar e não o encontrei. Chamei, chamei por todos os cantos da casa. Nada. A família mobilizou-se para buscá-lo pelos cômodos, atrás das cortinas, embaixo das camas. Nem sinal. Como estava cego, imaginamos que podia estar preso em algum lugar, mas não estava. Havia desaparecido misteriosamente. Naquela noite, não dormi. Tampouco nas seguintes. O sumiço do Snoopy era um mistério que me consumia por dentro e desfigurava meu rosto de tanto chorar. Comprei uma centena de folhas de papel ofício, canetas coloridas e fita adesiva e saí pelo bairro colando cartazes com a foto dele em todas as esquinas.

Usei o salário de repórter recém-formada para fazer um anúncio na página mais nobre e cara do jornal. Os dias passaram e nenhuma notícia. Compadecido do meu sofrimento, o jornalista Tulio Milman, um grande amigo, fez o que só grandes amigos são capazes de fazer por uma amizade: colocou o emprego em risco. Antes de se despedir dos telespectadores do telejornal que apresentava à noite, contou que a vida de uma colega dependia do aparecimento do seu animal de estimação. Leu as características do Snoopy no ar e forneceu o contato da emissora. Passava das 11 horas da noite quando meus pais invadiram o quarto eufóricos. O telefone acabara de tocar. Estava descoberto o paradeiro do meu cão. O dono de uma pet shop da redondeza assistia ao canal quando ouviu a súplica incomum daquele apresentador engravatado. Telefonou para a emissora e avisou a sua localização.

Lembro como se fosse hoje do nosso reencontro naquela madrugada. Snoopy estava deitado em um cantinho da sala daquela casa estranha, virado para a parede. Me aproximei e falei seu nome. Sem enxergar, ele levantou a cabeça e colocou o faro para funcionar. Estendi a mão próxima ao nariz para ajudá-lo. Ele saltou sem manifestar qualquer sobrecarga da idade. Abanava freneticamente o rabo e uivava feito lobo. Tinha sido encontrado por uma senhora, vagando sem destino pela rua. Concluímos que o portão da garagem pudesse ter aberto sozinho e às cegas ele saiu sem saber para onde ia. Voltou para casa ainda mais mimado e tivemos o privilégio de mais um ano de convívio.

Meu primeiro cão morreu aos 13 anos, quando eu completei 23. Morreu de velho. Foi um dos dias mais tristes de toda a minha vida. Senti como se tivessem arrancado um pedaço de mim, como se uma parte importante de quem eu era tivesse desaparecido com ele. Não tive coragem de ver seu corpo. Pedi que fosse cremado. No dia em que as cinzas foram entregues em casa, passei horas trancada no nosso quarto, acariciando a tampa daquele pote fechado. Durante dois longos anos tentei sentir o lugar em que ele gostaria de vê-las jogadas. Enquanto isso, aquela sepultura dormia ao meu lado, acomodada em uma pantufa que ele adorava fazer de travesseiro.

As cinzas do Gordo, como também o chamava, foram distribuídas em um recanto do jardim da casa dos meus pais, onde ele cresceu e viveu, num belo domingo ensolarado. Não poderia ter sido diferente, Snoopy jamais deixaria de querer estar pela volta. Algumas pessoas dizem que, por mais cachorros que a gente tenha ao longo da vida, um deles sempre será único, será "o" cachorro. Durante um bom tempo, concordei. Mas só quando me tornei dona da Patrícia e depois do Bento, entendi que cada um deles é único e tem seu lugar cativo ao longo da nossa jornada. Cada um deles divide conosco momentos diferentes e expressivos da nossa história. Pena que a vida deles passe tão rápido, que a amizade seja tão fiel e ao mesmo tempo tão breve. Pena que a companhia deles seja tão vital e o amor tão verdadeiro, mas que dure tão pouco.

Fiz parte de um grupo terrorista

Sempre me intrigou o fato de lembrar poucas coisas da infância. Guardo alguns flashes apenas. Pesquisadores canadenses publicaram recentemente um estudo na revista Science com uma resposta para esse fenômeno que não atinge apenas a mim em particular. Neurônios jovens que nascem constantemente nos cérebros infantis bagunçam memórias, fazendo com que elas se percam. Ou seja: para crescer, temos que esquecer. Devo ter esquecido de 95% da minha vida até os nove anos, mas recordo com precisão da alegria que sentia de estudar no Colégio Bom Conselho. Era querida pelos colegas e a mimosa das professoras. A tia Eliane, do pré-primário, me amava tanto que colocou o nome da filha dela de Mariana em minha homenagem. Era também uma aluna exemplar. Não precisava estudar. Aprendia a lição sem traumas, não abria os livros em casa e só tirava nota dez.

Nas reuniões de pais e mestres, minha mãe era avisada com antecedência para não comparecer. "Tudo o que será dito não se aplica à Mariana, portanto, fique à vontade para faltar, caso precise", comunicava a diretora. Não podia ser. Algo estava errado. Mariana não era tão perfeita. No final do ano de 1982, às vésperas da matrícula para a quinta série do primeiro grau, meus pais reuniram-se a portas fechadas. "Ou ela é superdotada ou o colégio é fraco para ela", concluíram. Acreditaram, claro, na segunda opção — e me trocaram de escola. O mundo nota dez da Mariana ruiu. Não demorou para ganhar a companhia extraclasse de um professor particular de matemática, que vivia suando e emporcalhando meus livros, e de um professor de física, que adorava perguntar a diferença entre côncavo e convexo balançando uma colher diante do meu nariz.

Dessa época, guardo com carinho as recordações da turma, mas também o ódio que sentia da nova escola. Desenvolvi crises homéricas de gastrite nervosa dias antes das provas de exatas, vi repetidas vezes a palavra "zero" escrita no boletim. Nutria um ódio mortal pelo professor de filosofia, que adorava entregar minha prova com o desenho de um caracol, sugerindo que eu enrolava em vez de elucidar as questões. Fui chamada de burra na frente de toda a classe por não conseguir desenvolver um problema de logaritmo e cologaritmo no quadro negro e tive que explicar em casa a suspensão de uma semana quando a professora de matemática descobriu que eu escondia um gravador do tamanho de um videocassete embaixo da classe para provar que falava a verdade.

Lucia, Dani e eu formávamos um trio de amigas inseparáveis. Uma sentia as dores da outra e todas sentiam na alma as notas fracas. Uma vez por semana, ganhávamos a alforria de casa para lanchar no McDonald's, que acabara de abrir a primeira loja na cidade. Amávamos o Quarteirão com Queijo. Naquela época, os sanduíches vinham embalados em uma caixa de isopor e recortávamos a tampa de todos para nossa coleção. Um belo dia, cansadas daquela labuta ingrata, de ouvirmos que o tênis não servia para a aula de educação física e que a listra do abrigo não estava de acordo com a devida espessura exigida pela escola, nos reunimos no quarto da Lucia para arquitetar um plano contra aquela ditadura. Fundamos o grupo terrorista Quarteirão com Queijo. Nossa bandeira: melhor tratamento aos alunos com dificuldade de aprendizado.

Compramos luvas cirúrgicas para evitar as impressões digitais no papel e escrevemos uma série de cartas intimidadoras. Dentro do envelope, devidamente acomodada, a carta levava consigo a companhia da tampa da embalagem de isopor do McDonald's, nossa marca registrada, e a assinatura: Grupo Terrorista Quarteirão com Queijo. O conteúdo das ameaças variava e servia tão e apenas para um desabafo contra o sistema. Jamais pensamos em levar a cabo tais advertências. Nas cartas, dizíamos que nosso grupo explodiria banheiros e lixeiras, transformaria o recreio em uma guerra campal de bexiguinhas e recrutaria soldados para a nossa luta.

Fazíamos revezamento até a agência dos Correios e usávamos casaco preto e óculos escuros para não sermos identificadas. Jamais enviávamos a carta pelo funcionário. Comprávamos selo, levávamos para nosso QG, colocávamos as luvas cirúrgicas, selávamos as cartas, escondíamos na mochila e, enquanto duas de nós observavam o movimento ao redor de uma coletora, a outra tratava de tirar a carta da mochila e enfiar correndo dentro da caixinha. No dia seguinte, chegávamos na aula apreensivas pela repercussão daquele conteúdo bombástico. Nunca ouvimos qualquer comentário.

O grupo terrorista Quarteirão com Queijo permaneceu em atividade durante dois meses, com envio de cartas semanais. Mas a ausência de medidas cautelosas por parte da escola terminou desacreditando suas integrantes na luta em prol daquela causa. Há alguns anos, em uma viagem de peregrinação religiosa pelo Oriente Médio, na companhia de um frei, um padre e 35 fiéis, fui a única detida por quatro horas na fronteira da Jordânia com Israel. O exército israelense identificou em mim uma potencial ameaça ao país em razão do meu sobrenome libanês. Quiçá tenham tido acesso ao meu histórico terrorista e achado por bem certificar-se de que não explodiria nenhum lugar sagrado caso resolvesse matar a saudade de devorar um Quarteirão com Queijo no McDonald's mais próximo.

Corri uma prova de rua

Comprei uma esteira em 12 suaves prestações e sinto orgulho de dizer que ela não teve o destino comum da maioria das esteiras domésticas. Não, minha esteira não virou cabide. Ainda. Falta apenas pendurar algumas roupas, porque talento ela tem demonstrado de sobra. Há anos tento e não consigo gostar de correr. São muitos os desconfortos — a começar pela circulação do sangue, que provoca uma coceira medonha nas pernas. Já fui vista várias vezes atrás de árvores feito cachorro sarnento, com as mandíbulas trincadas e as unhas fincadas nas coxas, tentando desesperadamente me livrar do ataque de sanguessugas imaginárias. Antes de comprar a esteira, tentava correr ao ar livre em busca de inspiração em atletas que cruzam a passos largos com o semblante em estado de serotonina pura. Só que, além de não poder me coçar como gostaria, uma vez que me encontro em via pública, sofro com as pedrinhas de areia dos parques que têm o talento nato de conseguir se enfiar dentro da meia e ficam roçando meu calcanhar, o que também contribui para me tirar do sério.

O investimento na esteira levou em consideração esta e outras questões bem importantes: eu poderia me coçar como quisesse, as pedrinhas não entrariam nas minhas meias, poderia correr só de top e shortinho, visto que apenas a parede testemunharia minha barriga tremulando e, ao término do suplício, arremessaria o tênis longe para me jogar no chão e amaldiçoar o mundo em voz alta. No começo deu certo, e ela foi bem aproveitada. Deu tão certo que me considerei apta para minha primeira corrida de rua e me inscrevi para o percurso de cinco quilômetros.

Comprei tênis novo e passei a treinar diariamente em velocidades distintas, com mais e menos explosão. Recebi a orientação de correr na rua, algo bem diferente do que na esteira. Achei uma grande bobagem. Preciosismo puro de corredor viciadinho. "Vou deixar as quenianas no chinelo", me divertia, antevendo a façanha em voz alta para quem quisesse ouvir. Com apenas um mês de treino na esteira de casa, cogitava seriamente a possibilidade de chegar entre os dez primeiros colocados. "Acho que tu está te precipitando", dizia meu marido. "Correr uma prova de rua exige mais tempo de preparação", aconselhava. "São cinco quilômetros!", eu respondia. "É a distância que corro todos os dias na esteira! Qual pode ser o grande mistério?", argumentava. "Vou botar as quenianas para correr!", repetia, fazendo a dancinha da vitória no meio da sala.

Madruguei empolgadíssima no grande dia. Vesti a camiseta oficial da prova, prendi o número nas costas, besuntei as pernas com óleo de amêndoas para ajudar a inibir a coceira, comi uma banana com uma taça de café preto e parti para o desafio. Quando cheguei, centenas e mais centenas de pessoas já alongavam pernas na concentração. Em um palco improvisado, um DJ encarregava-se da trilha sonora daquela festa saudável ao ar livre. Tão logo a organização do evento solicitou a todos que se encaminhassem para a largada, eu já estava a postos entre os primeiros da fila.

Tinha a companhia da tia Cris, uma atleta de nascimento, e da Lulu, minha irmã e aspirante a tal. A ideia era cumprir a prova e tratar o momento como algo divertido — o que de fato foi. Começamos todas juntas, em um trote tranquilo, não nos importando de ir ficando para trás. Mas, passado um quilômetro, senti minhas pernas ganharem asas. A queniana que habitava meu corpo havia despertado.

— Sinto que estou com fôlego para ir mais rápido — falei.

Silêncio.

— Cris, tu acha que posso ir mais rápido? — insisti, agora consultando nominalmente a atleta que estava ali para ajudar no veredito.

— Tá louca? — interrompeu a Lulu. — Nós corremos só um quilômetro. Faltam quatro! Fica na tua!

— Pode ir, Mari! — tia Cris respondeu.

Como se um motor tivesse sido acionado, disparei a passadas largas, ultrapassando um, dois, três, quatro, cinco participantes, feito um Pacman esfomeado, até chegar na primeira lomba do percurso. Minutos antes de subir a maldita lomba, havia um posto avançado da organização oferecendo copinhos de água. "Pego, não pego, pego, não pego", pensei. À medida que me aproximava da lomba e dos copinhos, a decisão de pegar ou não o copo de água tornava-se mais urgente. "Se eu pegar esse copinho, vou ter que abrir a tampa do copinho, ou seja, vou ter que fazer isso enquanto subo a lomba correndo, o que suponho que não dará muito certo. Acho melhor não pegar o copinho", pensei. "Mas se eu não pegar o copinho, posso morrer desidratada no meio do caminho, e se eles estão dando o copinho nesse ponto da prova é porque talvez seja preciso tomar um pouco de água. Vou pegar o copinho", continuei pensando.

Resolvi pegar o copinho e deu-se o que imaginava: enquanto tentava abrir a dentadas aquela desgraça daquela tampa de metal do copinho, a lomba iniciava. Eu trotava, mordia a tampa e subia a lomba. Trotava, mordia a tampa do copinho e subia a lomba. Só consegui dar um único gole na água do copinho. No segundo gole, me engasguei, me babei, tomei um banho de água gelada e arremessei a desgraça longe. Com a camisa ensopada, segui subindo a lomba. Só pensava no conselho da tia Cris: "É sempre melhor trotar devagarinho do que caminhar". Trotando bem devagarinho, continuei lomba acima, agora já me perguntando que diabos de programa era aquele que havia inventado em um domingo nublado de manhã. "Quer provar o que para quem, Mariana? Quer provar o que para quem, me diz?". Tinham passado dois quilômetros.

Do segundo ao terceiro quilômetro, o trajeto apresentou-se plano, o que possibilitou que voltasse a recuperar um pouco do fôlego e da sanidade perdida. Do terceiro ao quarto, tive novamente forças para apurar o ritmo. Foi então que dei de cara com outra lomba. "Por que escolhi uma prova com lomba, meu Deus?", era a pergunta que não queria calar. Voltei a desacelerar e subi devagar, a trotes curtinhos. Cheguei ao topo virada em um belzebu vermelho e escabelado.

— Oi, Mari! — ouvi alguém gritar.

"Alguém me conhece nesse purgatório", pensei.

Olhei para o lado e ali estava a Lari, uma ex-colega de trabalho. A Lari estava muito feliz, corria satisfeita da vida, com um sorriso estampado no rosto e fones no ouvido. Passou por mim dando um abaninho. Já a Mariana ouvia apenas o barulho da respiração ofegante e as toneladas que pesavam cada passada. "Onde está o prazer?", pensei. "Como é possível alguém se sentir feliz subindo e descendo lomba, suando, correndo para não ficar para trás, com dor e coceira nas pernas? Qual é o propósito de tudo isso?". Estava a menos de um quilômetro da linha de chegada. Para aliviar o suplício, imaginei o galeto com massa e polenta que comeria mais tarde.

Cruzei a linha de chegada aos 31 minutos de prova e junto com o vencedor do primeiro lugar do percurso dos dez quilômetros, ou seja, aquele cidadão magro e murcho tinha feito duas vezes o meu percurso no mesmo tempo que eu. Caminhei até o contêiner de água mais próximo e me servi de dois copos e um Gatorade de limão enquanto esperava tia Cris e Lulu aparecerem. Elas cruzaram a linha de chegada dois minutos depois. Nos abraçamos felizes, comemoramos o feito, tiramos fotos, penduramos a medalha de participação no pescoço, tomamos café, comemos brownie, alongamos e viemos para casa. Adentrei o recinto cantando e exibindo a medalha para meu marido. Foi a última lembrança feliz daquela ideia de jerico.

Duas horas depois, uma pressão horrorosa começou a comprimir meus tendões. Terminei o dia com as pernas para cima e duas bolsas de gelo presas nas panturrilhas. Só conseguia ir de um lugar a outro caminhando na ponta dos pés. No dia seguinte, a dor despertou ainda mais aguda. Mal conseguia andar. Marquei uma consulta médica e recebi o diagnóstico de tendinopatia, lesão muito comum em atletas sem noção como eu. Virei motivo de piada e não achei a menor graça. Mergulhei em uma profunda pesquisa sobre os benefícios e malefícios da corrida. Descobri que ela contribui para o aumento da massa magra, melhora da frequência cardíaca, estimula a circulação sanguínea e o emagrecimento, mas também oferece riscos de lesões, bolhas nos pés e queda de unhas, além da chance de desenvolver incontinência urinária. A essa altura da vida, fraldas? Não, obrigada.

Tive meu próprio guarda-roupa

Sempre fui uma ótima filha. "Não lembro da Mariana ter dado trabalho", minha mãe costuma reiterar. Não discordo. Sempre agi de acordo com a expectativa dos meus pais. Nunca repeti de ano, nem tive namorados aventureiros. Não que tenha feito esforços estratosféricos para ser a primogênita nota dez. Simplesmente, nasci assim: uma menina obediente. Esta obediência refletiu-se na maneira de me vestir. Na época do colégio, quando a moda era abrigo com listras de arco-íris, calça Deandê, dockside Company e saia rodada, sempre fiquei de fora da onda. "Esse abrigo é horrível! Essa calça não dá para usar na rua! Tênis é muito melhor do que dockside! Saia rodada é coisa de mulher mais velha, Mariana!", decretava minha mãe, que adorava finalizar a trança no meu cabelo com um prendedor da personagem Moranguinho, aquela que soltava um cheirinho.

Cabia também à mamãe a escolha do meu figurino para as reuniões-dançantes do colégio. O auge da criatividade ela empregou ao separar em cima da cama um terno de linho azul-turquesa: calça azul, blazer azul, camisa branca e gravatinha borboleta azul coroando o traje. No cabelo, variação sobre o mesmo tema: uma trancinha de cada lado — presas com elásticos exibindo quatro borboletinhas amarelas prestes a levantar voo. Eu tinha 11 anos. Era uma época em que estávamos fazendo algumas reformas em casa e, devido à pré-adolescência, decidiu-se que a filha mais velha merecia um guarda-roupa novo. Fiquei radiante. Em poucos dias, um lindo armário de madeira com cinco portas e uma escrivaninha embutida exibia-se junto à cama. Por fora, um espetáculo. Por dentro, um fedor. Fedia a cheiro de madeira nova, fedia a esterco.

Fiquei desolada. Minha mãe jurou que daria um jeito naquele odor catinguento. Enchia as prateleiras do armário de sachês de Glade, borrifava Glade aerosol pelas roupas, colava aromatizador de ar nas portas. Nada funcionava. O cheiro de cocô fortíssimo misturava-se às fragrâncias de Lavanda, Manhã do Campo, Ocean Oasis — e a coisa só piorava. Vivíamos o início da era das roupas de náilon — o suprassumo da modernidade. Como minha mãe tinha loja de roupas infanto-juvenil, eu vivia contemplada com os últimos lançamentos das últimas coleções. Um deles, um abrigo de náilon inteiro da marca Giovanna Baby, nas cores rosa, verde, amarelo e azul-pastel, ela dobrou bem dobradinho e guardou no fundo do armário fedorento com a recomendação de só sair dali na próxima ocasião especial. Chegou o dia de mais uma reunião dançante.

Me enfiei naquela roupa tecnológica e me apresentei para o novo penteado: franja presa em trança no alto da cabeça com um passador em formato de flor. Como sempre há um par de chinelo velho para um pé cansado (no meu caso, fedido), passadas algumas músicas e aquela tortura de não ser tirada para dançar, enfim me vi no centro da roda ao som de *Endless love,* com Diana Ross e Lionel Richie. Enquanto meus braços enrolavam-se no pescoço da pobre vítima, as mãos do coitado apertavam minha cintura. Só que a roupa que eu vestia era de náilon — e cada vez que ele apertava minha cintura, um ar quente e podre saía de dentro da blusa e subia pelo decote, exalando aquele aroma de Glade misturado a excremento no nariz da pobre vítima.

Durante quase um ano, aquela ficou registrada como minha última performance no meio do salão. Só fui voltar a conceder a graça da dança a alguém longos meses mais tarde e muito sachê, aerosol, pano úmido com sabão neutro, vinagre, álcool, água sanitária, bicarbonato de sódio, carvão nas gavetas e janelas abertas depois. Mais de trinta anos se passaram e, não raro, cada vez que tiro do bolso um saquinho plástico para recolher o cocô do meu cachorro pelas ruas da cidade, olho para aquele bolo de fezes pestilento e lembro que um dia já fui literalmente (e com o perdão da palavra) uma merda ambulante.

Meditei

Já fui e voltei de muitos lugares. Viajei do Uruguai ao Oriente Médio, conheci diferentes povos e culturas. Mas nenhuma viagem foi (ou ainda será) mais importante do que aquela que fiz pela primeira vez para dentro de mim mesma. A meditação virou moda nesses tempos de pessoas estressadas com Síndrome de Burnout — nome bonito para um distúrbio psíquico de caráter depressivo, precedido de esgotamento físico e mental intenso intimamente ligado à vida profissional. "Medita pelo menos 20 minutos por dia que logo tudo se ajeita", receitam alguns — majoritariamente aqueles que não compreendem o caráter curativo da meditação e tiram a prática para um fashionismo passageiro.

Achava a meditação algo extremamente complicado — a começar pela postura de lótus. Ao som de alguns gemidos, até consigo colocar o pé esquerdo em cima da coxa direita e o pé direito em cima da coxa esquerda nas aulas de ioga, mas permanecer imóvel, de olhos fechados por minutos a fio exige uma flexibilidade que gostaria de ter e não tenho. Não há silêncio ao redor capaz de sobrepor-se ao grito desesperado dos meus pobres joelhos aflitos. Dizem os mais iniciados que a posição é para ser desconfortável mesmo, já que, quando se medita, o objetivo é esvaziar a mente de qualquer pensamento — e se estivermos em uma postura muito cômoda há o risco de acabarmos dormindo. Talvez um dia eu acredite.

Outro problema que encontrava para iniciar a prática era a questão do horário. Qual é a hora certa para meditar? Pela manhã, não há Cristo com força para me fazer levantar antes do quinto alarme do despertador. À noite, tudo o que mais desejo é entrar correndo em casa, deslizar pelo corredor, encontrar meu pijama e um cálice de vinho tinto logo na sequência. Li muito a respeito dos prós da meditação até me convencer de que valia a pena o compromisso com a disciplina da prática diária — com uma importante ressalva: meditaria na posição que fosse mais confortável para mim, afinal de contas o corpo é meu, a mente é minha e não devo explicação de postura de lótus para ninguém.

Comprei um banquinho de borracha, que contribui para ficar a alguns centímetros do chão com a postura ereta, além de facilitar a cruzada de pernas. Encontrei o horário do final da manhã como o mais propício para a tentativa de chegar ao Nirvana sem ser interrompida por pensamentos de tarefas a cumprir. Nesse horário, o que tinha que ser feito já teria sido. Então, numa segunda-feira de manhã (porque só inicio novas práticas nas segundas-feiras), me encerrei no quarto desocupado da casa onde jaz uma esteira com talento para cabide. Fechei a janela, acendi uma vela. Com o ambiente à meia-luz, me acomodei, fechei os olhos e comecei a prestar atenção apenas na respiração. Logo lembrei que tinha esquecido de colocar sabão em pó na lista do supermercado. "Os deuses só podem estar de sacanagem", pensei.

Tentei sublimar o sabão em pó naquele momento tão transcendental, mas não consegui. "Será que monges vão ao supermercado?", pensei. Levantei, abri a porta, caminhei até a cozinha, escrevi "sabão em pó" na lista, voltei para o quarto, fechei a porta e me acomodei novamente, buscando foco na respiração. "Pelo amor de Deus, Mariana. São só 20 minutos de quietude. Tu consegue", falei para mim mesma. Nos termos mais simples, meditação é o processo de relaxar o corpo e a mente com o intuito de permitir uma viagem para dentro de nós. As técnicas variam, mas concentração, conforto e tranquilidade são a santíssima trindade da prática.

A supressão da mente não é o objetivo da meditação, pelo contrário — o que significa que até poderia ter lembrado do sabão em pó, mas deveria ter mantido a tranquilidade e cuidado desse assunto mais tarde. A finalidade da prática é silenciar e acalmar a personalidade para que a mente sinta-se livre para explorar o perímetro da nossa própria percepção enquanto seres humanos, para que ela sinta-se livre para reconhecer aspectos muitas vezes desconhecidos da nossa identidade. Em suma, o grande barato da meditação é estarmos alertas, porém relaxados.

Deixei que os braços e as mãos caíssem com as palmas viradas para cima sobre os joelhos. Fechei os olhos e mantive o foco na respiração — é sempre ela o ponto de concentração. Funciona muito seguir essa premissa. Passados alguns minutos, meu corpo começou a fazer um leve balanço para um lado e para o outro, para frente e para trás. "Que engraçado", pensei. "Meu corpo está balançando sozinho... Será que estou provocando isso? Não pode... Estou parada, sentada e equilibrada. Vou abrir os olhos para ver melhor", continuei pensando. "Não abre os olhos, Mariana! Não abre os olhos!", dizia para mim mesma. "Relaxa, deixa o corpo balançar, deve fazer parte da coisa toda". Meu corpo oscilava de forma cada vez mais intensa sem que eu tivesse qualquer participação ativa naquele processo.

Logo, me senti leve, muito leve. Com o corpo ainda balançando, minha cabeça foi levantando mais e mais, e o pescoço foi caindo sutilmente para trás. Eu estava entregue, em um estado absolutamente zen de paz e plenitude. Não imagino quanto tempo havia se passado até então, só sei que nada mais tinha importância no mundo além daquele momento — e o desejo maior era de que ele não terminasse jamais. Então, iniciou-se o ponto alto da prática, uma verdadeira viagem interior. Descobri algo mágico, que mudaria para sempre minha visão de vida e de mundo: somos todos parte de Deus, e Deus é parte de nós. Nós somos um. Pela primeira vez entrei em contato com meu Eu Superior.

Por mais opiniões que possamos pedir, por mais conselhos que possamos ouvir, ninguém nunca será capaz de melhor decidir por nós do que nosso Eu Superior — do que nós. Para qualquer tomada importante de decisão é necessário que a gente saiba ouvir. A meditação é o caminho entre o nosso corpo físico e nossa consciência até o nosso Eu Superior, a nossa essência. Ele é o nosso melhor amigo, o guia interior, o vínculo com os sentimentos mais reais. Ao escutá-lo, confiar e agir com base nessa confiança, os conflitos podem ser resolvidos ou simplesmente desaparecer. As maiores decisões que tomei ao longo da vida nunca foram feitas sem antes conversar com meu Eu Superior em sessões de meditação.

Temos o péssimo hábito de estarmos constantemente procurando por nós nos olhos dos outros. Mas o que eu penso de mim? O que eu quero para mim? A resposta está sempre dentro de nós. É necessário, portanto, humildade para acessá-la. Despir-se de qualquer forma de egocentrismo. Desde aquele dia da minha primeira meditação, o que quer que esteja me perturbando, um problema relacionado ao trabalho, à família ou a relacionamentos, entro em meditação, encontro meu Eu Superior e travamos gloriosos diálogos e discussões. Ele jamais me guiou pelo caminho errado pelo simples fato de que o encontro com ele é sempre gentil e afetuoso. Quando meditei pela primeira vez e fiz contato com meu Eu Superior, compreendi de uma vez por todas que poderia, daquele momento em diante, cumprir melhor meu propósito na Terra — e esta, sem dúvida, é a forma de viver a liberdade em sua maior plenitude.

Fui curadora de uma semana de moda

Em todos os veículos de comunicação em que trabalhei, sempre fui designada para a editoria de moda. Comportamento e moda; política e moda; sociedade e moda. A moda nunca me largou, embora muitas vezes tenha tido vontade de dar um chute na cara dela. Não que não goste de moda. Gosto, claro. Do contrário, não teria sobrevivido tanto tempo nessa área sem cortar os pulsos. O que me desgosta é o circo armado em torno da moda. Carão, carteiraço, egos afetados, nariz empinado, falta de respeito, bondade e educação são constantes neste universo. A menos que você não se importe com nada disso ou faça parte da turma de óculos escuros, torna-se humanamente inviável conviver nesse ambiente. A experiência como editora de uma revista feminina me levou pela primeira vez a ocupar o cargo de curadora de uma semana de moda.

O grande problema é que não foi me dada chance de escolha entre ser curadora sozinha ou mal-acompanhada. Chegou, então, o belo dia de ser apresentada formalmente à minha espécie de sócia naquela função. Que visão do inferno! Há uma crença disseminada entre muitos profissionais que trabalham em grandes veículos nacionais de que, justamente por trabalharem em grandes veículos nacionais, são melhores e mais capazes do que o resto.

O dia em que fui apresentada ao diabo, ela não vestia Prada. Em compensação, não abria mão dos óculos escuros escondendo o rosto, inclusive em ambientes fechados, claro. Estendi a mão para cumprimentá-la em uma reunião-almoço armada com a finalidade de nos conhecermos. Ela dispensou qualquer contato físico. Apenas acenou com a cabeça, deu um sorriso amarelo e fez cara de nojinho.

— Nossa, como você é bonita — limitou-se a dizer.

"Não sou bonita. Apenas estou penteada e não escabelada e maltrapilha para fazer estilo, ao contrário de ti", pensei.

— Obrigada — agradeci.

Durante o almoço, o diabo que não vestia Prada comeu o mínimo, visto que oratória e mastigação são incompatíveis. Passou quase uma hora falando de si e de seus feitos extraordinários. Eu faço, eu aconteço, eu sei, eu conheço, eu consigo, eu sou. Eu, eu, eu. Fomos convidadas a tomar o cafezinho em uma sala reservada com o intuito de iniciarmos a construção do projeto de curadoria — e achei simpático mostrar para ela a revista sob minha direção, visto que a publicação emprestava nome ao evento que faríamos juntas.

— Esta é a revista? — ela perguntou, com ar de desdém, enquanto folheava as páginas sem demonstrar interesse.

"Está vendo alguma outra revista nesta sala?", pensei.

— Sim, esta é a revista — respondi.

— Temos aqui uma revista com séria crise de identidade — ela falou.

— Não entendi — comentei.

— Para quem é feita esta revista? — ela quis saber.

— São leitoras do jornal em que ela é encartada, cuja idade varia entre 20 e 60 anos, majoritariamente mulheres entre 25 e 55 anos — respondi.

— Uma revista que é lida por mulheres de diferentes idades não agrada a nenhuma. É o caso da sua revista. Não deve agradar ninguém — ela diagnosticou, dando o último gole no café.

"Meu Deus! É realmente impressionante a profundidade de suas análises", pensei. "Você deve saber construir como ninguém publicações femininas de altíssima qualidade e aceitação, não é mesmo? Você me ensina, por favor? Aproveita e me ensina também a montar um 'look do dia'? Me oferece um estágio na sua vida? Já disse que quando crescer quero ser feia, escabelada e mal-educada como você?".

— Aceita mais um cafezinho? — ofereci.

— Por favor, obrigada — ela respondeu.

— Açúcar ou adoçante?

A palavra *crítica* vem do grego *ckritike*, que quer dizer "apreciação minuciosa". Sem dúvida, algo bem diferente do que aquele diabo que não vestia Prada havia acabado de fazer ao folhear superficialmente uma revista que nunca tinha visto na vida com a ponta dos dedos e cara de nojo. Existem dois tipos de críticas: aquelas que todos estamos acostumados a associar a algo negativo, chamadas de "críticas negativas", e as que têm como objetivo encorajar alguém a melhorar, reforçar e desenvolver aptidões. São as chamadas "críticas positivas" ou "feedback".

Pessoas que precisam provar sempre algo a alguém têm sérios problemas de sabedoria e autoconhecimento. Vivem voltadas para o mundo externo, talvez porque o interno as incomode demais. É mais fácil trocar de roupa do que trocar de alma. Só que para fazermos coisas boas no mundo, primeiro precisamos saber quem somos e o que dá sentido à nossa vida. Espernear diante daquela criatura digna de dó estava bem longe de dar algum sentido à minha.

Tivemos pela frente dois longos meses de convivência para o diabo que não vestia Prada desenvolver ainda mais sua soberba e egocentrismo — e também para me orientar a não dirigir diretamente a palavra a Vossa Excelência, mas à sua assessora particular, o que acatei de bom grado. Para quem me pergunta (e são muitas pessoas!) qual é a fórmula para sobreviver há duas décadas nesse mundo, sempre cito uma frase da dama da sociedade carioca, Ruth de Almeida Prado: "A vida é a arte de engolir sapos e arrotar rosas".

Chamei a polícia

A imagem de muitos brasileiros em relação ao Rio de Janeiro é de cidade sitiada com chuvas de balas perdidas voando por todos os lados. Exagero. O Rio tem, sim, seus problemas, como todo mundo tem. Mas nunca me senti tão livre em nenhuma outra cidade do Brasil como me senti durante os dois anos em que usufruí do privilégio de viver na Cidade Maravilhosa. No Rio, o mais perto que tive a infelicidade de chegar de uma arma foi no dia em que avistei quatro policiais de fuzil da janela do apartamento. Era um sábado à noite qualquer, e assistia na televisão ao documentário *Ônibus 174*, de José Padilha, sobre o sequestro de um ônibus de linha ocorrido no ano 2000 na Avenida Jardim Botânico, a poucos quilômetros de onde agora morava.

Esparramada no sofá, beliscava uns queijinhos com azeitonas recheadas e bebia uma garrafa de cabernet sauvignon quando alguém bateu na porta. Não esperava nada nem ninguém. Achei estranho. Antes que levantasse para atender, a campainha soou de novo, e de novo. Bento disparou latindo, fui atrás. Espiei pelo olho mágico, era o Seu Luís, o zelador, que vivia em um anexo no térreo do edifício.

— Dona Mariana, desculpa incomodar, mas tem gente no prédio — ele disse, um tanto apavorado.

— Que tipo de gente, Seu Luís?

— Ladrão — ele falou. — Tem ladrão no prédio.

— Quem disse? Alguém viu? — insisti.

— Sabe aquela senhora do primeiro andar? — ele perguntou.

— Aquela que o senhor disse que quase nunca sai de casa?

— Sim, aquela. Ela gritou para mim da janela dos fundos do apartamento que viu dois vultos pulando para o pátio interno do prédio — ele descreveu.

— E o que o senhor fez?

— Subi correndo para avisar a senhora, pois só estamos nós três no prédio neste fim de semana.

O meu andar era o terceiro de um prédio antigo de quatro níveis na esquina da Rua Vinícius de Moraes com a Lagoa. Era bem fechadinho e seguro, mas vai saber? Tinha proximidade com a Favela do Cantagalo e alguns tiros já tinha escutado disparar dali. Na dúvida, melhor prevenir.

— Volte para o seu apartamento e fique lá dentro que vou chamar a polícia — falei.

"Programão de sábado".

Fechei a porta com sensação de enjoo, mal-estar e pernas bambas. Não tinha ideia do número da polícia. Passei a tranca na porta e corri para uma salinha anexa à sala de estar, onde, havia poucos minutos, saboreava na tranquilidade do lar meu vinho com azeitonas recheadas. "Era o que faltava", pensei. Fiquei ali, abaixada, segurando o Bento no colo, procurando o contato da polícia nas páginas amarelas. Disquei. Ao segundo toque, inesperadamente, atendeu o policial. Expliquei toda a novela e ele respondeu que enviaria uma viatura. Resolvi ligar para a mãe. O que a minha mãe faria a quilômetros de distância, não sei. Nada, claro, além de ficar histérica.

— Oi, mãe. Tudo bem?
— Oi, minha filha. Tudo bem, e tu?
— Mais ou menos.
— O que houve?
— Parece que tem ladrões no prédio.

"Desculpa, mãe, mas precisava dividir com alguém esse momento".

A voz mudou imediatamente de tom.

— Como assim, Mariana?
— O Seu Luís bateu aqui e disse que a vizinha do primeiro andar viu vultos no pátio interno. Por precaução, chamei a polícia — contei.
— E a polícia já chegou?
— Ainda não — respondi. — Mãe?
— O que foi, minha filha?
— Estou com medo.

"Desculpa, mãe, mas precisava dividir com alguém esse sentimento".

— Onde é que tu está, Mariana?
— Na sala.
— Te esconde no armário, minha filha — ela disse.
— Hein?

— Vai para dentro do armário da sala e fecha a porta, fica lá dentro. A mãe não vai desligar, vou ficar contigo no telefone até a gente saber o que está acontecendo.

A salinha onde estava era originalmente um segundo quarto, daí a presença de um amplo guarda-roupa. Abri a porta, peguei o Bento e me enfiei com ele lá dentro, na mais completa escuridão.

— Já estou aqui, mãe — avisei.

— Fica quieta aí dentro até a polícia aparecer.

Como o armário estava localizado junto a um dos janelões que davam para a frente do prédio, ficava fácil perceber qualquer movimentação de carros chegando. Não sei exatamente quanto tempo passou, só lembro de ter sido o suficiente para o Bento quase me tirar do sério, incomodado naquela clausura, babando todas as roupas de cama.

Quatro policiais armados de fuzil aportaram em frente à minha residência. Havia pedido que tocassem a campainha do apartamento do zelador. Fui até a janela e vi que um deles falava alguma coisa pelo interfone. Logo, Seu Luís apareceu e todos entraram no prédio.

— A polícia entrou no prédio, mãe — contei.

— Volta para dentro do armário — ela falou.

Desta vez, o tempo de cativeiro foi maior. Quase uma hora enfiada dentro daquele cubículo na companhia de um cachorro inquieto. Avisei que ligaria de novo assim que tivesse tudo resolvido e desliguei. Deixei a porta entreaberta para ouvir a movimentação. Percebi que os policiais vasculhavam meu andar, subindo e descendo escadas. Saí do armário quando eles já apertavam a mão do Seu Luís, viravam as costas e iam embora. "Quer apostar que não era nada?", pensei. Não quis sair do apartamento para assuntar com o zelador — e ele tampouco se manifestou.

Na manhã seguinte, bati na porta do apartamento dele.

— Então, Seu Luís, o que foi aquilo ontem? — perguntei.

— Ah, Dona Mariana.... — ele suspirou.

— Tinha ladrão afinal? — perguntei.

— Que ladrão que nada! — ele respondeu. — Tudo coisa daquela velha pirada.

— A senhora do primeiro andar? — confirmei.

— Ela mesma — ele disse. — Hoje de manhã, fui recolher o lixo dos apartamentos e sabe o que encontrei na porta dela?

"Bebida", imaginei.

— Duas garrafas de vodca vazias, a senhora acredita?

"Acredito".

— E ela está viva? — quis saber.

— Não só está viva como agora de manhãzinha mesmo ela me acordou aos gritos dizendo que os ladrões estavam tentando invadir a casa dela pela entrada de serviço.

Subi a escadaria fenícia

A melhor época para visitar a Costa Amalfitana, na Itália, é entre abril e junho. Fazia um clima maravilhoso naquele maio em Positano, a última parada da nossa lua de mel. Depois de saracotear por França e Itália, desembarcamos em uma suíte do hotel Eden Roc, com vista para a imensidão do Mar Mediterrâneo, para uma temporada de cinco dias sem hora para nada. Visitamos os arredores — Salerno, Amalfi, Sorrento —, jantamos em charmosos restaurantes, bebemos vinho rosé à beira-mar e fizemos o roteiro de dez entre dez turistas da região: descemos até a praia e compramos o tíquete da balsa que, durante o verão, percorre o trajeto de 40 minutos direto a Capri, com partida de manhã e retorno à tarde.

Capri dispensa apresentações. É o crème de la crème da região, a ilha célebre, sofisticada e perfumada, reduto de celebridades, que atrai visitantes de toda parte do mundo. Um aroma delicioso domina as ruas, isto porque a ilha abriga há mais de 600 anos duas fábricas de perfumes que aproveitam as flores típicas, o limão e a laranja para extrair as suas essências. Nas vielas, além do aroma, há uma profusão de butiques de marcas de luxo, lojas, ateliês, galerias, mercados de fruta e muita gente chique passeando. No caminho de ida, na balsa, eu me imaginava a encarnação de Grace Kelly em versão contemporânea, deslizando minha elegância pelas esquinas de Capri em poses para a câmera fotográfica que ficariam registradas para a posteridade.

A balsa estacionou na Marina Grande no meio da manhã. A ideia era desbravarmos a ilha o tempo permitido até o retorno no fim da tarde, almoçar em algum lugarzinho charmoso, fazer umas comprinhas de recordação e voltar para mais um dia de passeios memoráveis. Se tivéssemos tido o mínimo de interesse em pesquisar um pouquinho que fosse sobre o destino, já teríamos percebido que é humanamente impossível conhecer Capri em cinco horas, a menos que a ideia seja fazer um tour-relâmpago com milhares de turistas no encalço.

— Podemos alugar uma lambreta — disse o Chico, meu respectivo marido, com o entusiasmo correndo nas veias logo na saída da estação onde havíamos desembarcado.

Achei o convite interessante: eu, Mariana, recém-casada, com meu lenço estampado protegendo a cabeça do sol forte, abraçada a meu marido na carona de uma vespa pela estrada sinuosa que nos levaria até o topo do paraíso, com o verde-esmeralda do Mar Mediterrâneo como pano de fundo.

— Onde tem lambreta para alugar? — perguntei.

— Ali, ó! — ele respondeu, apontando para uma loja de aluguel de vespas e bicicletas.

Caminhamos alguns metros até a loja, Chico entrou para pedir informações e eu fiquei pela frente, escolhendo a cor de lambreta mais bonita. Alguns minutos depois, ele voltou.

— Trouxe tua carteira de motorista? — quis saber.

— Não. Ficou no Brasil, inclusive. Por quê?

— Porque a minha eu deixei no hotel em Positano e eles exigem carteira de habilitação para alugar a vespa.

— Sério?

— Sério.

Não, não era sério. Era óbvio. Saímos caminhando da loja com o sonho arruinado pelo amadorismo, meio sem rumo. Como havia algumas pessoas andando na mesma direção, fomos conversando, distraídos pela paisagem do mar a perder de vista.

— E agora, o que vamos fazer? — perguntei.

— Vamos caminhando — respondeu o Chico. — Essas pessoas também devem estar indo para o centro de Capri.

O meio mais rápido e confortável para chegar do porto ao centro de Capri é o funicular. As corridas partem a cada 15 minutos, mas como a fila era imensa, achamos por bem perder os quilos adquiridos durante a viagem com uma caminhadinha. O trajeto era subida. Só subida. Estava quente. Bem quente. Algo em torno de 35 graus às dez da manhã. Próximo a nós, uma turma de estudantes alemães seguia seu professor. Era uma gurizada resmungona e nada a fim de fazer exercício físico.

— Vamos caminhar junto com essa turma que não tem erro — disse o Chico. — Estão indo para o centro de Capri também.

— Tem certeza? — me certifiquei.
— Para onde mais pode ser?
— É... Não há muita opção.

Continuamos a subida com o som das reclamações em alemão dos estudantes no entorno. Lá dentro, lá nas profundezas da minha alma, eu também começava a ficar com vontade de amaldiçoar o mundo. O passeio paradisíaco ameaçava transformar-se em um colossal programa de índio. Abri a mochila que levava nas costas e tirei uma toalha para enxugar o suor do rosto, numa espécie de queixa velada. Chico não falava nada, só me espiava de canto de olho, certamente apavorado diante da iminência de um ataque histérico da esposa amada. Não demorou muito para que a subida em lomba de até então se transformasse em degraus. Enormes e altos degraus. O batimento cardíaco, que já estava sensivelmente acelerado, disparou a galope.

Não tínhamos nenhuma gota de água para matar a sede. Mais rebeldes do que a esposa em lua de mel, os estudantes iniciaram um motim contra o professor. Passada uma hora de subida sem trégua, a maioria jogou-se nos degraus, ardendo de calor, gritando que não ia mais a lugar nenhum. Enquanto o professor descia de volta os degraus que já havia vencido da escadaria para convencer os indisciplinados, a porcentagem obediente continuava degraus acima. Chico e eu fazíamos parte da galera disciplinada. Só que estava ficando cada vez mais difícil manter o clima de amor no ar. Comecei a morder o canto do lábio com uma gana ensandecida de degolar o meu marido. Ele sentiu a tensão.

— Tudo bem? — perguntou com uma voz aparentemente amorosa.

— Tudo — respondi, secamente, alternando as passadas naqueles malditos degraus.

"O que pode estar bem?", eu pensava. "Subir feito uma cabrita essa maldita escada sem fim, com 40 graus de calor no costado, sem nenhuma garrafa de água e sem perspectiva de enxergar o fim da linha? É este o charmoso e romântico passeio que faríamos na estonteante ilha de Capri?".

— Quer parar um pouco? — ele quis saber.

— Não — rosnei.

Se tivéssemos perdido cinco minutos nos informando sobre o passeio que nos aguardava naquele ensolarado dia de verão europeu, teríamos tomado conhecimento da escadaria fenícia, onde, naquele momento, nos encontrávamos no limiar do divórcio. Também teríamos ficado sabendo que a escadaria fenícia une o porto de Marina Grande, onde desembarcamos, a Anacapri, o município vizinho a Capri. Ou seja: aquele desgraçado daquele professor alemão não estava indo para Capri coisa nenhuma. Estava tão perdido quanto nós. Um total de 921 degraus compõe a escadaria fenícia. O nome foi dado porque durante muito tempo se pensou que ela teria sido construída pelos fenícios, mas, na verdade, quem esculpiu os degraus na rocha foram os gregos por volta dos séculos 6 e 7 a.C. No passado, essa era a única via de acesso até a cidade mais "alta" da ilha.

Com o mau humor que eu carregava nas costas, passei reto pela antiga capela dedicada a Santo Antônio de

Pádua, o santo protetor de Anacapri. Não pretendia pedir bênção para ninguém. Só queria que aquela maldição terminasse de uma vez por todas. A subida, que havia começado leve, foi ficando mais e mais difícil até chegarmos a um trecho quase vertical. Era o meu limite naquela quase uma hora e meia de suplício.

— Estou com falta de ar — resmunguei para o Chico.

— Então, paramos um pouco. Vem aqui, me dá teu pulso — ele pediu.

De costas para a escadaria, de frente para o meu amado marido e com o pulso estendido em sua direção, eu tratava de respirar fundo e olhar para o nada pensando em que momento da ignorância do meu ser havia me deixado cair naquela roubada. A cada minuto que passava, o giro prazeroso por Capri encaminhava-se para o beleléu. Dois estudantes intrépidos eram os únicos sobreviventes na nossa frente. O resto da turma, incluindo o professor, tinha se perdido pelo caminho. Não escutávamos nem sinal deles. Fui retomando a normalidade da respiração no topo daquela escadaria vertical e estreita, que nos espremia entre rocha de um lado e estrada de outro. Já me sentia melhor quando percebi que alguma coisa acontecia com meu marido.

Chico arregalou dois olhos nunca antes arregalados em três anos de namoro. Desviou o olhar de mim para enxergar melhor o que se passava logo acima. Os dois estudantes à frente de nós despencavam escadaria fenícia abaixo, saltando os degraus de dois em dois, urrando de pavor. Tudo acontecia muito rapidamente, e eu tentava decifrar o aparente imprevisto por meio dos olhos do meu marido. Ele não teve tempo de dizer qualquer coisa. Quando aqueles dois estudantes desabaram escada abaixo nos empurrando contra a rocha para que saíssemos da frente, Chico só teve tempo de agarrar minha mão e me arrancar junto dali. Só que descer a escadaria é ainda mais difícil do que subir, pois exige equilíbrio e força extra nos joelhos.

Enquanto eu gritava junto com aqueles dois adolescentes insuportáveis sem saber o porquê, agarrada na mão do meu marido, pulando de perna aberta feito uma perereca desequilibrada escadaria abaixo, ela, a protagonista de toda a catarse, passou por nós. Era enorme e gosmenta. Aquela asquerosa cobra preta disputando espaço com os pombinhos recém-casados nos degraus da escadaria fenícia é a última e inesquecível recordação que guardo do glamoroso destino que não conheci.

Fiz espaguete de pupunha

Minha amiga Helena Rizzo é considerada a melhor chef mulher do mundo. A cozinha do Maní, que ela pilota em São Paulo, ocupa o 36º lugar no ranking dos 50 melhores restaurantes do planeta. Experimentei em uma das mesas do Maní um talharim de pupunha com molho parmesão inesquecível. Algo simplesmente delicioso e extraordinário, perfeitamente decorado em um prato fundo com brotos, flores e um fio de azeite de oliva.

Tenho algumas ideias que não se explicam. Uma delas é acreditar que posso reproduzir obras de arte culinárias na cozinha de casa. Minha biblioteca de livros de gastronomia ocupa dois andares do armário ao lado da geladeira. Há títulos para todos os gostos, culturas e idiomas. Do bê-á-bá da bruschetta ao universo Cordon Bleu. Quantas vezes consegui ler uma receita até o fim, comprar os ingredientes e aplicá-la? Nenhuma. Mas isso não é nada diante do fato de que continuo investindo em livros e acreditando que é tudo uma questão de tempo. Ou da falta dele — e de talento, claro.

Aquele talharim de pupunha viveu anos e anos povoando a memória das minhas papilas gustativas até o belo dia em que acordei convicta de que prepará-lo não poderia ser tão difícil assim. Precisaria apenas encontrar talharim de pupunha em algum canto da cidade. Recorri ao Google e, em segundos, apareceu o endereço de uma loja de produtos gourmet. "Mais fácil do que imaginava", pensei. "Por que demorei tanto tempo para ter essa ideia de gênia?". A loja era um espetáculo: a Disneylândia dos chefs, cozinheiros e da Mariana, claro. Oito mil e quinhentos itens nacionais e importados espalhados em diferentes salas. Me agarrei numa cestinha de compras e, quando dei por mim, estava prestes a desembolsar centenas de reais em produtos que tinham se tornado, numa fração de segundo, artigos de primeira necessidade, como um abridor de latas da Noruega e uma Flor de Sal de Mossoró.

— Posso ajudar? — aproximou-se a simpática vendedora, como uma mãe que recolhe a criancinha perdida entre artigos do Mickey.

— Vim atrás de talharim de pupunha, vocês têm? — perguntei.

— Sim, temos fios de pupunha congelados. Vem que te mostro — ela disse.

Nos dirigimos para o fundo da loja, um ambiente repleto de congelados e especiarias do chão ao teto. Ela abriu a porta de um dos freezers. Havia apenas duas caixas de fios de pupunha, cada uma contendo 400 gramas. Meus olhos brilharam.

— Vou levar as duas — falei, prontamente.

"Vá que nunca mais encontre fios de pupunha na vida"?, pensei.

— O que é aquilo? — perguntei, diante de uma bandeja.

— É carpaccio de pupunha — explicou a vendedora. — Além do próprio carpaccio, pode servir como base para saladas e canapés.

— Que interessante! Vou levar também — falei. — E isso ali, o que é? — quis saber

— Picado de pupunha.

— Para que serve?

— Basta descongelar e utilizar em risotos, cremes, recheios de tortas e saladas.

— Me alcança um também? — pedi.

A louquinha da pupunha tinha feito seu estoque.

Ameaçado de extinção pela exploração predatória, o palmito brasileiro tem contado cada vez mais com um forte aliado nos esforços pela sua perpetuação: o crescimento do cultivo sistemático do palmito pupunha, meu príncipe encantado. Aproximadamente 97% da produção nacional de palmitos em conserva são extraídos de forma predatória das palmeiras juçara e açaí, provenientes da Floresta Amazônica e da Mata Atlântica. Os cerca de 3% restantes referem-se à pupunha, cujo cultivo sistematizado teve início em 1989, em São Paulo e principalmente no Espírito Santo, onde já existem alguns milhões de palmeiras em plena produção.

Chamado também de palmito ecológico, a pupunha possui algumas características que o diferem do palmito tradicional. Menos fibroso, macio e de sabor mais adocicado, possui uma massa de diâmetro maior, que os produtores convencionaram chamar de coração do palmito.

Até alguns anos atrás, era considerado um produto sem apelo comercial. Foi então que os principais restaurantes do país, como o Maní, começaram a incluí-lo em seus cardápios e alçaram o produto à estrela de primeira grandeza da culinária nacional. O mercado aproveitou-se da propaganda, percebeu o espaço aberto por ela e tratou de oferecer a pupunha em lojas especializadas para consumidoras deslumbradas feito a Mariana.

Voltei para casa com o porta-malas do carro lotado de pupunha. Estava virada em uma verdadeira contrabandista de palmito. Separei aquela exposição de novas compras em cima da mesa e fiquei imaginando o menu de degustações de pupunha que me esperava mais tarde. Ia tirar o pé da jaca daquela abstinência inglória. Teria contribuído para o sucesso do meu evento uma nova olhadinha no Google ou uma folheada nos livros da biblioteca culinária a fim de encontrar alguma receita, mas não. O que poderia ser tão complicado no preparo de fios de pupunha semelhantes ao da melhor chef do mundo, que já estavam pré-cozidos, e bastava apenas descongelar em uma panela com água quente? Nada — e tudo.

Quando a noite caiu e a grande hora chegou, abri uma garrafa de vinho tinto para tornar aquele um momento ainda mais solene. Havia decidido que a receita de espaguete de pupunha da Mariana teria a companhia dos cogumelos shitake e shimeji, além de tomatinhos cereja e manjericão. Depositei todos em uma panela de cozimento a vapor e mergulhei a embalagem congelada de pupunha na água quente. Quem precisa de tempero, não é mesmo? Passados dez minutos, calculei que havia dado tempo suficiente para o preparo de tudo, desliguei o fogo da panela, retirei os fios da embalagem e depositei no prato. Era uma quantidade considerável de pupunha. Quase meio quilo. Quatrocentas gramas que tomavam conta do prato inteiro. "Quantas calorias tem esse treco?", pensei. Olhei atrás da embalagem: 37 em cada 100 gramas. "Ainda por cima não engorda. Óbvio que vou comer tudo".

Colhi os legumes da peneira, despejei em cima do espaguete, dei uma misturadinha, joguei um pouco de azeite, um fio de shoyo e folhas de manjericão frescas e acendi uma vela para um jantar romântico com minha pupunha. Logo na primeira garfada, por volta da segunda mastigada, achei algumas partes dos fios meio cruas. "Dane-se", pensei. Dei a segunda garfada e bebi um gole de vinho, mais uma garfada, mais um gole de vinho, a terceira garfada, outro gole de vinho. Comia, comia, comia — e o prato parecia intocado. "Exagerei na dose", pensei. Não deixei um fio para contar a história. A receita, obviamente, não tinha gosto nenhum, exceto de tomate misturado a cogumelo com shoyo, o que não impossibilitou de saciar em parte meu desejo. Fui dormir sonhando no encontro com os anjos. Dei de cara com um pesadelo.

Escalava um prédio muito, muito alto — um típico arranha-céu dos Emirados Árabes. Usava uma técnica para chegar ao topo desse prédio: fios e mais fios de palmito pupunha. Os fios funcionavam como a teia do Homem-Aranha. Virava a palma da mão para cima e despegava um mar de fios de pupunha. Quanto mais fios prendia no prédio, mais alto subia. Só que tenho pânico de altura e logo comecei a ficar mareada. O aroma de pupunha ao redor só contribuía para piorar a escalada. O enjoo foi ficando mais e mais forte, e perdi o controle do acionamento da teia. Minha mão começou a disparar quilômetros de fios de pupunha, que também começaram a se enroscar no meu corpo, vendar meus olhos e entrar pela minha boca, infiltrando-se goela abaixo. Então despertei.

Sentei sobressaltada na cama de olhos arregalados, suando frio. Foi o tempo de chegar ao banheiro e abraçar a privada. Voltei para a cama, voltei para privada, voltei para a cama, voltei para a privada, voltei para a cama, fui até a cozinha, fiz um chá verde, sentei na cama. Olhei no relógio: cinco e meia da manhã. "Qual seria o ensinamento disso tudo?", pensei, tentando encontrar alguma resposta empírica para aquela situação miserável. "O famigerado pecado da gula?". Ouvi a porta de casa abrindo. Era o Chico, meu marido, chegando de viagem. Coitado. Entrou no quarto todo doce e deparou com a esposa azeda.

— O que está acontecendo aqui? — quis saber.

— Fiz um espaguete de pupunha que não deu muito certo — respondi.

"Graças a Deus, estava bem longe de casa", ele deve ter pensado.

Quebrei um dente

Quem não ama escrever e não sonha viver da escrita? Desconheço. Há quem já tenha chegado lá e hoje viva nesses paraísos afastados sobre montanhas nutrindo-se da natureza e do silêncio como fontes inesgotáveis de inspiração. Também há quem possa se dar ao luxo de alugar uma cabana no meio do nada para expirar o ar puro de cada palavra de uma nova obra-prima. Infelizmente, nenhum desses dois é o meu caso. Preciso escrever em curtos períodos de tempo em que o trabalho de jornalista permite. Como não tenho válvulas de escape bucólicas, sou obrigada a encontrar estímulos criativos encerrada no escritório de casa, com um calendário exigente de produção me encarando com dentes afiados e exigindo uma insana e desenfreada corrida contra o tempo. Por essas e tantas outras, me dou o direito a algumas regalias, como fazer uma pausa no meio do expediente para injetar um bocado de serotonina no cérebro, seja ela em forma de calóricos pães de mel, bolachinhas Oreo ou de um balde de pipoca — e agora cheguei aonde queria: no malfadado milho de pipoca, o responsável pela minha estreia na turma que já esfacelou um dente de forma imbecil.

Pipoca anda na moda. Dizem que faz um bem danado. Desde que li sobre a série de benefícios da pipoca, parei de me preocupar com qualquer malefício. Segundo um estudo da Universidade de Scranton, na Pensilvânia, o grão é rico em fibras e antioxidantes, que contribuem para o bom funcionamento do coração. O professor Keith Thomas Ayoob, da Faculdade de Medicina Albert Einstein, explica que os nutrientes da parte interna da pipoca são protegidos pela película do milho que estoura em alta temperatura. Então, a pipoca não perde o valor nutritivo. Já a apresentadora Rita Lobo sugere pipoca no lugar de croutons para acompanhar qualquer tipo de sopa. Para mim, dois respaldos mais do que suficientes para ter sempre pelo menos um saco de milho na despensa.

Foi numa ensolarada tarde de quarta-feira de inverno, em que alguns raios de sol entravam pela janela procurando dar uma forcinha extra para minha mente criativa, que resolvi fazer uma pausa na produção do dia para oferecer de presente aos neurônios um pratinho de pipoca. Ainda cuidei para que não houvesse nenhum exagero. Apenas um pequeno pratinho que cobrisse o fundo de uma pequena panela. Não faço pipoca no micro-ondas, não tenho pipoqueira elétrica. Gosto da forma tradicional de fazer pipoca, com azeite de oliva na boca do fogão. Então derramei alguns fios de azeite, esperei que o óleo esquentasse e despejei o milho enquanto aguardava os primeiros espocares. Poc, poc, poc. Tampei a panela e fiquei à espera da sinfonia. Mas ela não aconteceu como o esperado. Pelo menos um terço do milho não estourou. Como estava tudo misturado dentro da panela, e eu com um pouco de pressa de voltar ao trabalho, verti logo o conteúdo todo dentro do prato.

    Sentada na frente do computador, catando milho no teclado com uma mão, enquanto catava pipoca no prato com a outra, me distraí não fazendo nem uma coisa nem outra direito. Foi quando de repente, não mais que de repente... POW! Um estouro se fez ouvir. "Algo de estranho acontece dentro da boca da Mariana", pensei. "Acho que não é coisa boa". Fiquei imóvel, apenas exercitando o movimento de passar a língua pela volta. Logo, uma dor aguda se fez sentir. "Isso não está acontecendo", pensei. "Eu não tive a capacidade de quebrar um dente comendo pipoca". Engoli o que ainda existia misturado à saliva, mas algo estranho teimava em não descer pela garganta. Cuspi na mão. Era um pedaço do dente. Logo, algo mais se mexeu, despencou de novo sobre a língua e eu voltei cuspir. Mais um pedacinho. E outro, ainda mais pesado: a obturação inteira. Então, com ainda mais cuidado, tentei sentir o que havia restado de todo aquele estrago. Praticamente nada. Apenas um resíduo de dente balançando preso por algum fio de alguma raiz. "Parabéns, Mariana".

    Telefonei para a dentista, clamei por um encaixe na agenda. Na manhã seguinte, recebi o diagnóstico: não havia o que recuperar. Tinha conseguido destruir o molar em três partes. Precisava começar a tomar medicamento imediatamente para a extração total no fim da tarde. "Sou uma demente", pensei. Naquele dia, quase algemada na cadeira do cirurgião dentista, vi estrelas de todos os tamanhos dentro daquele maldito holofote de luz branca fritando o meu nariz. Ele colocou uma espécie de pano descartável sobre o meu rosto, que deixava apenas espaço para respirar e abrir a boca. Enquanto o assistente enfiava aquele canudo que ficava sugando a saliva feito um dreno, o cirurgião enfiava meia cabeça quase dentro da minha goela para ver com precisão o estrago provocado por um milho de pipoca. A coisa era bem feia.

O dente não só havia quebrado em três partes como as raízes dessas três partes não queriam despedir-se de jeito nenhum da boca da Mariana. Findado o efeito da anestesia, o trabalho de extração da primeira raiz ainda não estava nem na metade.

— Está doendo? — perguntou o cirurgião, diante de um coice que desferi com o pé direito para o alto.

"Não, imagina! É que eu tenho como hobby dar chutes no ar", pensei.

— Nhaaaaahhh!!! — respondi.

— Deve estar terminando o efeito da anestesia — comentou o assistente.

"Ah, não me diga!".

— Nhaaaaaahhhhh!!! — consenti.

Ele agarrou de novo aquela injeção de agulha finíssima e horrorosa. Fechei os olhos. Então, ele espetou a gengiva.

— Nhaaaaaaaaahhhhh!!!

— Está mais difícil do que podia imaginar — ele comentou.

"Estou percebendo".

— Nhaaaaaaaahhhh!

— Ô, raízes teimosas!

— Nhaaaaaaaaaaaahhhhhhhhh!

Meu corpo rígido não aproveitou em nenhum momento o conforto daquela cadeira cinza de couro. Estava tão agarrada nos braços dela que mal tocava com as costas no encosto. O canto da boca também começava a ficar assado por ela permanecer tanto tempo aberta. Broca, martelo, espelho, pinça, escavador e toda sorte de instrumentos odontológicos circularam pelas extremidades da minha gengiva durante mais de uma hora de tormento. Logo eu, que jamais precisei me submeter ao suplício de arrancar um siso (nenhum nasceu para me proporcionar essa malfadada experiência de vida), agora sentia na pele as impressões que aquele cirurgião não parava de repetir:

— Extrair as três raízes desse molar está sendo muito pior do que arrancar três sisos ao mesmo tempo — ele dizia, apagando todas as ideias que nutria a meu respeito até então: de ter vindo ao mundo dotada das características de uma espécie evoluída.

Bati o carro

Morar no Rio de Janeiro sempre foi uma fantasia acalentada na alma. Talvez por ter sido uma pré-adolescente embalada pelo desejo de ser artista, viver na cidade da fábrica de sonhos já soava como meio caminho andado rumo ao estrelato. Lembro de passar sucessivas férias de julho na companhia da família na cidade e ficar observando onde seria minha futura residência. Em Copacabana? No Leme? Ipanema? Leblon? O que importava era ter o calçadão sob meus pés e o Cristo Redentor abençoando meu brilho de estrela. Acredito bastante na força do pensamento. É claro, com uma importante ressalva: não adianta ficar sentada, de braços cruzados, esperando que a bênção caia do céu. O universo conspira a favor, mas também temos que fazer a nossa parte.

Em março de 2005, depois de 12 anos praticando o dever de casa, o universo conspirou para que eu desembarcasse no Aeroporto Santos Dumont em direção ao mais novo lar doce lar — um flat localizado no finalzinho do Leblon e alugado por 15 dias, período determinado para encontrar meu teto definitivo e ingressar no novo emprego. Era início de noite quando coloquei os pés naquele cenário de sonho. Desarrumei as malas, fui ao supermercado mais próximo, comprei o necessário para o café da manhã e, antes de colocar a cozinha em ordem, sentei em um banco do calçadão, de frente para as ondas do mar do Leblon, e fiz uma prece em forma de agradecimento. No dia seguinte, depois do café, vesti o biquíni, short e camiseta por cima e saí encantada da vida para minha primeira caminhada na cidade que agora também me pertencia.

Era uma quarta-feira, as pessoas corriam, andavam de bicicleta, jogavam futevôlei, e eu passeava por todo aquele ambiente como se estivesse vendo um filme. "É possível ser feliz e sem estresse numa quarta-feira de manhã", pensava. "É essa a vida que quero para mim". No décimo terceiro dia, encontrei minha casa: um apartamento antigo, todo mobiliado, com janela de frente para a Lagoa Rodrigo de Freitas e o perfil do Cristo exibindo-se no horizonte. Desci até a floricultura do outro lado da rua, comprei vasos e mais vasos de plantas de todas as cores e tamanhos e enchi de amor a nova residência. No décimo quinto dia, data de início no trabalho, meu carro chegou pela transportadora. Chamei um táxi e fui buscá-lo do outro lado da cidade.

O advento do Waze ainda era desconhecido, eu não usufruía de GPS, portanto, fiz exatamente o que havia feito em São Paulo, onde tinha morado durante seis anos e onde sei me locomover como poucos forasteiros: tirei um caderninho da bolsa e anotei passo a passo todo o trajeto de ida para que pudesse me orientar na volta. O retorno foi tranquilo e devidamente cumprido de acordo com minha bússola de papel. Cruzei bairros menos tradicionais, virei em esquinas desconhecidas até que me aproximei do túnel Rebouças e então comecei a me sentir em casa. Fechei o caderninho no banco do passageiro e cruzei o túnel ansiosa por encontrar, do outro lado, aquele cenário da Lagoa — com o Cristo no topo glorificando minha alma carioca. A paisagem exibiu-se esplendorosa.

Soltei um suspiro profundo. Meu sonho, enfim, havia se tornado realidade: era a mais nova moradora da Cidade Maravilhosa. Continuei admirando a Lagoa, as pessoas que por ali caminhavam, corriam, passeavam com seus cachorros, andavam de bicicleta. "Amanhã bem cedo também estarei aqui", pensei. Agradeci profundamente por aquele momento, abri a janela do carro para respirar um pouco daquele ar puro. "Obrigada, Senhor, por ouvir as minhas preces", falei baixinho. "Demorou, mas cheguei". Uma lágrima escorreu dos meus olhos, Deus conversava comigo. "Aqui é o teu lugar, minha filha. Seja bem-vinda", ele dizia. Fechei os olhos e concordei em silêncio. O problema foi quando abri. Quando abri, não existia mais para-choque de carro nenhum. Enquanto meu espírito enchia de oferendas Deus Todo-Poderoso que zelava por aquela filha iluminada, meu corpo espremia-se entre o banco e a direção. Havia amontoado o carro da frente. Estava aboletada em cima da traseira de uma Brasília azul-calcinha. O motorista, um senhor de meia-idade, baixinho, calvo, sem camisa, vestindo apenas bermuda e chinelo de dedo, voou do comando daquela lataria amassada feito um pitbull, de dedo em riste na minha direção, disposto a me mandar de uma vez por todas arder no fogo do inferno.

O sucesso que tanto fantasiava vivenciar na fábrica de sonhos chegou a galope, com dois policiais a cavalo, uma viatura militar logo atrás e um bando de curiosos querendo ver sangue. Mas Deus, sim, estava olhando por mim. Para minha sorte, o pitbull era desdentado.

Descobri meu estilo

Há mulheres que têm estilo desde que vieram ao mundo. Por exemplo? A francesa Ines de la Fressange, autora do livro *A parisiense*. Há outras que passam a vida procurando um estilo, mas nunca o encontram. Essas são as famosas fashion victims, que se vestem de acordo com o que a moda dita como certo ou errado. Estilo é muito mais importante do que a moda em si. Só ele tem o dom de refletir nossa personalidade. Um equívoco que já cometi foi pensar que teria o mesmo estilo pela vida inteira. Quem já não se pegou aos 30 querendo trocar todo o guarda-roupa que usava aos 20? E aos 40 sem reconhecer nenhuma peça que vestia aos 30? Sim, isso acontece, muitas vezes do dia para a noite, e é mais comum do que a gente pensa.

Quando tinha 20 anos, adorava salto alto, comprimento míni, decote, roupa justa e perna de fora. Coisas de guria descobrindo o corpo. Quando fui viver em Barcelona com todos meus saltos e roupas justas na mala, bastou o primeiro dia em um novo continente para perceber que não era mais nada daquilo. Me tornei uma pessoa saruel, bata e chinelo de dedo. Quase uma hippie. Aos 30 anos, atravessei aquela transformação sem traumas. Quando voltei para o Brasil e mudei para o Rio de Janeiro, aprimorei esse estilo low profile com vestido longo, rasteirinha, shortinho e blusinha folgada. A crise mesmo, a tormenta devastadora, chegou com os 40 — aos 42 anos, mais precisamente.

Andava havia alguns meses sem vontade de me vestir, de me arrumar. Abria o armário já cansada daquela encheção de saco diária, pegava a primeira calça e a primeira camisa que encontrava pela frente, trocava um All Star pelo outro — e assim os dias iam passando, sem acessórios e com um coque enrolado com o cabelo ainda molhado e de qualquer jeito no alto da cabeça. A concepção de que meu guarda-roupa já não identificava meu jeito de ser e pensar o mundo ainda não estava completamente clara, embora sentisse que alguma coisa estava fora do lugar. Por dentro, já não era mais aquilo que exibia por fora. Duas Marianas em um único corpo e espírito, brigando entre si. Mergulhei fundo na busca desse entendimento, assisti a palestras, li livros sobre o assunto e compreendi que ter estilo é ser fiel à nossa essência. Mais ainda: ter estilo é permitir-se mudar de opinião.

As opiniões que tinha sobre mim e sobre o mundo aos 20 anos de idade não eram mais as mesmas aos 30 e menos ainda aos 40. Natural, portanto, que não me sentisse à vontade com aquilo que via no espelho, do lado de fora. A dificuldade de encontrar o estilo próprio está diretamente ligada ao autoconhecimento. De nada adianta devorar literatura de moda, seguir o maior número de blogueiras se não houver uma conexão íntima com a nossa história, com a nossa verdade, com a nossa visão das coisas. Um dia cheguei a pensar que tive estilo aos 20, mas hoje percebo que estilo mesmo adquiri aos 40. Porque o estilo também chega com a maturidade. Ter estilo é sentir prazer de estar na própria pele, seja de longo decotado em cima de um salto, ou de pantufa enfiada num pijama de flanela — o que, convenhamos, não tem coisa melhor.

Saí do corpo

Morar sozinha tem dois lados. O lado bom é que ninguém nunca diz que está na hora de fazer alguma coisa: hora do café, hora do almoço, hora do jantar. Sinto verdadeiro pavor de horário determinado para fazer coisas — principalmente para comer e especialmente nos fins de semana. Morando sozinha desde os 24 anos, aprendi a ser dona do meu tempo, a almoçar às quatro da tarde se tiver vontade. Tirando os compromissos profissionais a cumprir, o restante das horas sempre administrei ao meu bel-prazer. Ser senhora do meu próprio tempo: considero uma das maiores liberdades do ser humano. A parte ruim de morar sozinha é a saudade de quem se ama, principalmente quando se vive em outra cidade. Durante dez anos, estive afastada da família e de grandes amigos e aprendi a dar um valor imensurável a esse convívio.

Vivia no Rio de Janeiro, após temporada em São Paulo e Barcelona. Era sábado, um belo sábado ensolarado e quente, sem compromisso para nada. Bento e eu saímos para beber água de coco e dar uma volta pela lagoa. Voltamos para casa por volta de meio-dia, ele almoçou, eu tomei um banho frio e me joguei acalorada no sofá, com uma revista na mão, de costas para a tevê e de frente para o janelão da sala, com vista para o Cristo Redentor. Dei uma folheada nas notícias, sem vontade de prestar atenção em nada. Larguei a revista no chão e fiquei ali, atirada, em estado contemplativo, olhando para o Cristo. Então, comecei a sentir um negócio estranho, uma certa dormência na mão direita. "Estranho, não estou sentada em cima dela", pensei.

Mexi um pouco os dedos da mão, mas o formigamento, em vez de melhorar, foi aumentando e subindo pelo braço. Apertei o punho com a outra mão, sacudi o braço. Nada. Aquela coisa estranha só crescia. "Estou tendo um infarto!", pensei. "Calma, Mariana. O coração é do outro lado", continuei pensando. Botei a língua para fora, falei "vovó viu a uva" em voz alta, mexi os olhos para a esquerda e para a direita, para cima e para baixo. Buscava sintomas de AVC. Tudo estava dentro da mais completa normalidade, exceto aquele formigamento que começava na mão e estendia-se pelo braço até um pouco acima do cotovelo. "Preciso ficar calma", pensei. "Não imaginar bobagem", continuei pensando. "Quem vai me encontrar aqui se eu morrer? Quem será o infeliz que vai dar de cara com meu corpo estatelado?".

O negócio foi ficando ainda mais estranho. Agora, mão e braço, ainda dormentes, ganhavam vida própria. Enquanto o braço levantava, os dedos indicador e médio apontavam em direção ao Cristo. "Contatos imediatos de terceiro grau", pensei. "Sou uma extraterrestre e não sabia". O formigamento transformou-se em tremedeira que tomou conta de todo o corpo. A sensação era de estar levando um choque muito, muito forte. A cena, vista de fora, deveria ser bizarra: Mariana de vestidinho florido, com o braço direito e os dedos indicador e médio apontando para o Cristo, se debatendo no sofá da sala numa espécie de crise convulsiva potencializada por uma sensação de descarga elétrica de 220 volts. Então, uma intensa luz cor de rosa apareceu e inundou meu corpo, tomou o caminho do meu braço estendido e envolveu o Cristo com a mesma cor, como se abrindo um caminho entre ele e eu.

A sensação de estranhamento quase beirando o pânico foi substituída por um bem-estar incrível. Então, subi, deixando para trás meu corpo eletrocutado. Viajei como um flash na velocidade da luz até o topo do Cristo e de lá sem escalas até Porto Alegre. Enxerguei a casa dos meus pais, minha mãe sentada no pátio, próxima à piscina, falando no celular; meu pai no escritório, no segundo andar, trabalhando no computador. Também vi minha irmã levando a cachorrinha para tomar banho na pet shop. Meu irmão não enxerguei, mas senti que estava bem. Fiquei um tempo por ali, sobrevoando a casa, numa espécie de valsa, sempre presa ao corpo, que continuava se debatendo, por aquela luz que formava um fio de ligação entre Terra e espírito, mais ou menos como um cordão umbilical que une a mãe ao bebê recém-nascido.

Uma paz intensa tomou conta de mim e não sei dizer o quanto durou. Fiquei ali por cima, bailando sobre a casa dos meus pais. De repente, fui sugada e retornei na mesma velocidade, seguindo aquela brilhante luz cor de rosa, com escala no Cristo e em seguida de volta para casa. A tremedeira foi imediatamente interrompida, o braço estendido caiu mortificado ao lado do corpo. Fiquei uns minutos parada, sem me mexer. Espiei de um lado a outro. Continuava no mesmo lugar, tudo parecia na mais perfeita ordem. Senti uma dor fortíssima na ponta dos dois dedos, como se tivessem sido queimados. "Que diabo foi isso?", pensei. "Adquiri poderes sobrenaturais depois de velha?". Levantei e peguei o celular. "Vou tirar a limpo essa história".

Liguei para a mãe, ela atendeu. Perguntei, como não quer nada, o que fazia.

— Estou sentada no pátio, na beira da piscina, minha filha, esperando o almoço ficar pronto. O dia está lindo, com uma temperatura bem agradável — ela respondeu.

— E o pai, está em casa? — sondei.

— Está, sim. Ele tem um trabalho para apresentar na segunda-feira e está no computador, no escritório.

— E a Lulu?

— Tua irmã foi levar a Pulga no banho e vem almoçar.

— E o Conrado?

— Teu irmão está em Santa Catarina, volta amanhã.

Exatamente como havia presenciado. Conversei alguns outros assuntos, desliguei e fiquei olhando meio de lado para aquele Cristo mucho loco.

Cientistas confirmam que esse tipo de experiência é mais comum do que se imagina. O fato é que, mesmo havendo pouco conhecimento sobre o assunto, eles acreditam que essas vivências fora do corpo são um tipo de alucinação, desencadeada por algum mecanismo neurológico. Experiências fora do corpo, defendem, podem ser como a sinestesia, um fenômeno produzido pelo cérebro e amplamente ignorado durante boa parte do século 20. Trata-se de um distúrbio neurológico que faz com que o estímulo de um sentido cause reações em outro, criando uma salada sensorial entre visão, olfato, audição, paladar e tato. Os cientistas também admitem que experiências fora do corpo podem ser induzidas por traumas cerebrais, privação sensorial, experiências de quase morte, desidratação, sono, estimulação elétrica do cérebro e drogas psicodélicas.

Só o que tenho a dizer em minha defesa é que meu desjejum resumiu-se a meio mamão papaia e uma xícara de café preto naquela manhã de sábado que nunca mais se repetiu.

Voei de teco-teco

Meu medo de avião beira a insanidade mental. Desde criança, sinto um desconforto abominável amarrada em uma poltrona dentro daquela geringonça. O interessante é que, quanto mais pânico sinto, mais o destino insiste em me pregar novas peças, vide uma viagem que fiz ao Peru. Integrava um grupo de nove jornalistas convidadas para conhecer os pontos históricos e turísticos do país: visita ao Templo de Pachacámac, em Lima, ao Museu Inkariy, no Vale Sagrado, jantar no restaurante Cicciolina, em Cuzco, subida à cidadela de Machu Picchu — até aí pura diversão. Mas havia um programa que não tinha necessidade de existir: traslado ao aeroporto de Pisco para sobrevoar as Linhas de Nazca. Malditas, cretinas e abomináveis Linhas de Nazca.

As Linhas de Nazca são um conjunto de geoglifos antigos localizado no deserto de Nazca, no sul do Peru — e, desde 1994, considerado Patrimônio Mundial pela Unesco. Trata-se de desenhos enormes feitos no solo. Alguns são simples linhas ou formas geométricas; outros apresentam formas de animais, peixes, aves e figuras humanas. Os maiores chegam a 270 metros de diâmetro. A verdadeira origem das Linhas de Nazca e dessas figuras ainda é desconhecida. Ninguém sabe dizer quem construiu e o porquê. Transformou-se em um enigma desde a época em que foi descoberto, entre 400 e 650 d.C. Estudiosos divergem na interpretação do projeto, mas geralmente atribuem-lhe significado religioso.

Os desenhos geométricos poderiam indicar o fluxo de água ou estarem ligados a rituais para convocar água. As aranhas, pássaros e plantas seriam símbolos de fertilidade. Outras explicações possíveis incluem sistemas de irrigação ou gigantes calendários astronômicos. A área que abrange as linhas é de aproximadamente 500 quilômetros quadrados. O chão do deserto tem a cobertura de uma fina camada de rochas e seixos vulcânicos que, devido à longa exposição à atmosfera, apresenta coloração escura. Pouco abaixo deste revestimento encontra-se argila e areia. Os "artistas" do passado removeram alguns centímetros de rocha para ali deixar seus traços. O clima predominantemente seco e sem vento da região preservou milagrosamente as linhas desde sua criação até os dias atuais. A questão principal de tudo era: "Que diabos eu tinha a ver com isso?".

Acordei naquele dia atordoada com a iminência do passeio. A caminho do aeroporto de Pisco, à medida que as informações iam sendo passadas, o desespero só piorava.

— Deixem as bolsas no micro-ônibus — aconselhou o guia. — Temos que subir no avião com o mínimo de peso.

"Como assim 'com o mínimo de peso'? Mas que espécie de avião é esse?", pensei.

— Qual é o tamanho do avião? — perguntei, como quem não quer nada, já que até então pensava tratar-se de um estilo airbus.

— É pequeno — ele respondeu. — Como é que vocês falam mesmo no Brasil? — quis saber.

— É um teco-teco — falou a Nati.

— Um teco-teco? — gritei.

"Não subo nem morta".

— O sobrevoo pelas Linhas de Nazca vai durar uma hora e meia — continuou o guia.

— Uma hora e meia? — interrompi.

"Agora que não subo mesmo".

— Para que os passageiros dos dois lados do avião consigam enxergar melhor os desenhos no solo, o piloto costuma fazer uma inclinação para a direita e para a esquerda em cada um deles — ele avisou.

Um zum-zum-zum se fez ouvir.

— Como assim uma inclinação? — perguntou a Bruna, lá de trás do micro-ônibus, tirando as palavras da minha boca.

— O piloto inclina o avião para os dois lados para que as pessoas sentadas nas janelas da esquerda e da direita possam ver melhor as linhas lá embaixo — esclareceu calmamente a Nati, que fazia pela segunda vez aquele programa de índio.

— Dá enjoo? — quis saber a Andrea.

— Quem costuma enjoar deve tomar um Dramin. Pode dar náusea — falou a Nati.

"Mas o que é isso afinal? Um passeio ou uma sessão de tortura?", pensava. Já bastava para mim.

— Posso não fazer o passeio? — perguntei.
— Pode — o guia respondeu. — Você costuma enjoar? — quis saber.
— Não, antes fosse — respondi. — Tenho é pânico mesmo. Medo de não responder pelos meus atos lá em cima... Ficar descontrolada, fora de mim, sabe?

Dei uma exagerada para ele não insistir. A verdade é que jamais me imaginei dentro de um teco-teco fazendo acrobacias no deserto. "Pronto", pensei. "Problema resolvido. Não vou a lugar nenhum".

— Vai perder o passeio, Mari... — lamentou a Adriana.

"Puxa vida, que tristeza...", pensei. "Minha vida nunca mais será a mesma".

— Pois é... — lamentei também.
— Talvez tu nunca mais volte aqui... — ela continuou lamentando.

"Mas quanto a isso não resta a menor dúvida!".

— O que é exatamente que tu sente? — quis saber a Fabi.

— Tremedeira, suadeira, taquicardia... — enumerei.

"Vocês não têm outro assunto?".

— Tu não toma nenhum remédio? — ela insistiu.
— Sim, Rivotril. Mas deixei na mala.

"Pronto? Estão convencidas?".

O motorista parou o micro-ônibus no estacionamento do aeroporto de Pisco e fomos descendo uma a uma em direção ao setor de embarque. Sentia um alívio inenarrável no peito. "Por que sofrer me submetendo a algo que me faz tão mal?", pensava. Abri a bolsa para pegar os óculos de sol e tirei a mão de dentro dela com algo semelhante a uma cartela de remédio. Era a cartela de Rivotril. Não lembrava que havia deixado uma na bolsa e guardado a outra na mala.

— Tenho uma cartela de Rivotril na bolsa — comentei.

Para que inventar de abrir a boca?

— Então toma logo e vem com a gente! — falou, entusiasmada, a Adriana.

— Quanto tempo demora para fazer efeito? — quis saber a Andrea.

— Uns 20 minutos — respondi.

— Dá tempo até a hora do embarque — esclareceu o guia.

— Se você tomar, deixa de sentir taquicardia e aquelas coisas todas? — indagou a Fabi.

— A princípio, sim — respondi.

— Então toma e faz o passeio! — insistiu ela.

Um Rivotril de 25 miligramas colocado embaixo da língua 20 minutos antes do embarque faz efeito em aviões grandes. A questão era saber se faria efeito naquele maldito teco-teco desgovernado no deserto. "O que eu faço?", pensei. "Ouve tua voz interior, Mariana", continuei pensando. "E se esse troço começar a sacudir e o Rivotril não funcionar? E se eu tomar dois comprimidos de uma vez só? E se os dois comprimidos provocarem algum efeito rebote e eu sofrer um surto enclausurada no teco-teco?".

— Vou ao banheiro — avisei.

Enquanto todas dirigiam-se para o embarque, abri a porta do banheiro e sentei na tampa da privada para tentar resolver aquele embate interno. "Deixa de ser fatalista pelo menos uma vez na vida, Mariana. Toma esse Rivotril e entra logo nesse teco-teco. Tá com muito medo? Toma dois e pronto, mas para de uma vez com essa neurose". Enfiei 50 miligramas de Rivotril de uma vez só embaixo da língua e deixei o banheiro confiante.

— Vou fazer o passeio — comuniquei.

Fui acomodada na penúltima poltrona do teco-teco. Até aquele troço desatar a correr na pista emitindo barulho de secador de cabelo, ainda sentia um pequeno desconforto e um leve arrependimento. Sem a estabilidade de um jato, passou o tempo todo oscilando para lá e para cá, mas tão logo atingiu altitude de cruzeiro, senti como se algo ou alguém tivesse arrancado uma bola de angústia que levava no peito. Era a dupla de Rivotril fazendo efeito. Comecei a me divertir. Não havia graça nenhuma naquela situação, mas eu estava feliz à beça. Espiei para o lado a fim de ver o que todas estavam achando do passeio. Dei de cara com a pobre da Adriana. A Adriana não estava branca, estava verde. Com a franja colada na testa, suava frio e só olhava para frente.

— Tudo bem? — perguntei.

Ela fez que não, mal conseguindo mexer a cabeça.

— Está enjoada? — quis saber.

Ela fez que sim, mal conseguindo mexer a cabeça.

— Vai vomitar? — insisti.

Ela abriu o saco plástico e deu início a um festival de cuspe com bílis.

Não havia como ajudar.

— Bebe água — falei.

Voltei a observar a paisagem pela janela, coisa que a coitada da Adriana não conseguia fazer. O piloto avisou pelo sistema de som que nos aproximávamos das linhas. Apresentou o desenho em forma de macaco no chão e, mal terminou de falar, inclinou todo o lado direito do avião.

"Ôôôôôô", me diverti. Ouvi um grunhido na poltrona de trás. Espichei o pescoço. Agora era a Andrea porqueando qualquer coisa com a cabeça enfiada numa sacola.

— Tu não disse que tinha tomado Dramin? — perguntei.

— Tomei! — ela respondeu.

Como a Andrea tinha o hábito de enjoar por qualquer coisa, vivia com cartelas de Dramin espalhadas em todos os bolsos de todos os casacos. Em dias de viagem, evitava comer muito. Portanto, o vômito da Andrea não tinha cheiro nem cor. Já não dava para dizer o mesmo do vômito da Bruna. Sentada duas fileiras à frente, a Bruna também começou a passar mal, bem mal. Vomitava sem parar um odor de pão dormido misturado a queijo e presunto em decomposição. Não demorou para que o aroma tomasse conta do ar que não circulava dentro do teco-teco.

O macaco havia sido apenas o primeiro personagem a convidar o piloto para a sequência de manobras para os dois lados. Logo vieram o colibri, o astronauta, a baleia, a aranha mais a fauna e a flora inteira que compunham a arte daquela civilização milenar. A sinfonia emitida pelo vômito das três porquinhas funcionava como uma espécie de trilha sonora a embalar o voo aventureiro do teco-

-teco pelo deserto. Dizer que eu enxerguei em detalhes cada rabisco no chão seria exagero. Com algum esforço de foco, até vi a espiral do rabo do macaco, a cabeça da baleia e uma que outra perna da aranha, mas foi só.

Com uma hora e meia contadinha no relógio, e as moribundas porqueando sem parar, o avião pousou na pista do aeroporto de Pisco. A algazarra da ida, com vídeos e fotos na pista na hora do embarque, deu lugar a um silêncio sepulcral na volta. Quanto a mim, nem parecia a mesma pessoa atormentada da chegada. Estava encantada da vida. Aqueles 50 miligramas de Rivotril faziam a festa no meu sistema nervoso central. E digo mais: se o piloto tivesse me convidado para voltar agarrada do lado de fora da asa daquele teco-teco, não só aceitaria de bom grado o convite como ainda arriscaria uma série completa de acrobacias e malabarismos.

Comi pa amb tomàquet

Faço parte da turma que prefere sentar em um típico boteco ou restaurante de país desconhecido a passar horas a fio batendo perna em galerias e museus. A culinária contribui de forma extraordinária para explicar hábitos e costumes de um lugar. Natural, portanto, que tenha me engajado de corpo e alma no movimento #eucomocultura. Capitaneado pelo chef Alex Atala, este movimento lançou uma campanha para pressionar a aprovação do projeto de lei que leva a gastronomia para o mundo da cultura. Uma vez oficialmente reconhecida como manifestação cultural, a gastronomia teria acesso aos benefícios do Ministério da Cultura para o setor — incluindo a Lei Rouanet. Com ela, eventos, pesquisas, publicações, criações e manutenção de acervos sobre gastronomia poderiam ser financiados com verba dedutível do imposto de renda. Estranho é constatar que exista polêmica em torno disso. Existe mesmo alguma dúvida de que gastronomia deva ser encarada como manifestação cultural? Para os parlamentares, sim. Para mim, nenhuma.

Durante a temporada de dois anos que passei em

Barcelona, conheci e me deliciei diariamente com um dos preparados mais típicos e deliciosos daquela região da Espanha: o pa amb tomàquet, significado em catalão para pão com tomate. Ele consiste em esfregar o tomate cru, maduro e cortado ao meio em uma fatia de pão (torrado ou não), de preferência do tipo conhecido como pão de pagès. O preparado é depois temperado a gosto com sal e azeite. Por vezes, é também adicionado alho ao tomate, ou mesmo esfrega-se o dente de alho no pão para intensificar o sabor. Foi o primeiro prato que experimentei no primeiro dia radicada em novo continente, uma espécie de troféu dado o desembarque apoteótico.

Para uma estadia de dois anos na Espanha, achei que precisava muito mais do que realmente precisei — incluindo vários sapatos de salto. Detalhe: meu status era de estudante, não de diretora executiva de multinacional. Pegar o metrô do aeroporto ao centro da cidade era algo impensável. Estava virada numa mula ambulante. Coitado do taxista sorteado pela Mariana. Precisou de paciência de monge para enfiar no carro duas malas gigantes, pesando 60 quilos cada, mais outra mala de mão, uma bolsa, uma gata e um cachorro. Bento e Bruna eram meus companheiros de jornada. Exaustos da viagem de mais de 14 horas, os bichos estavam histéricos. Bruna não calava a maldita boca enfiada naquela casinha onde havia recebido um sedativo que havia algumas horas não surtia mais efeito. O miado era enlouquecedor. Bento saltitava fora de sua respectiva casa desde a escala em Madri, dentro do avião. Em terra firme, tudo o que mais queria era botar a fuça para fora da janela naquele frio dos diabos do inverno europeu.

O motorista passou todo o trajeto de quase uma hora espiando aquele circo armado no banco de trás do carro dele com cara de quem não via a hora de desovar os integrantes daquele sanatório ambulante. Descarregou a mula com seus bichos e pertences em uma ruazinha estreita, que mal dava para circular de carro, no Raval, bairro da Cidade Velha, região do centro histórico.

— Boa sorte — desejou.

"Vou precisar", pensei.

No meio da calçada, a visão do caos: 120 quilos de roupa, uma gata histérica e um cachorro surtado, de língua de fora. Encostei as duas malas em um canto da rua onde pouca gente circulava e fui em busca do número do prédio. Havia alugado um estúdio naquele endereço pelo período de 15 dias até encontrar um apartamento definitivo para a temporada. Não imaginava que o lindo estúdio escolhido a dedo pela internet localizava-se no topo de um edifício antigo e sem elevador.

"Começaram as aventuras na Europa", pensei.

Soltei o Bento da guia para que reconhecesse o terreno e fizesse o tão solicitado xixi. Mas não bastava caminhar um pouco e levantar a perna em qualquer poste. Ele precisava andar uma quadra a trote para batizar a roda de um Porsche estacionado na entrada de um prédio pomposo. Ninguém tivesse visto, não seria nada. Só que o dono da Porsche saía naquele momento pela portaria — e viu. Indignado, largou a maleta de couro nobre em qualquer canto e correu ensandecido em direção ao animal. Tivesse me xingado, tampouco seria nada. Só que ele resolveu levantar a perna como um centroavante diante do goleiro rendido no gramado e dar um pontapé na barriga do cachorro utilizando o bico do sapato italiano. E Bento... Ora, bolas! O Bento resolveu achar tudo aquilo muito injusto. Em vez de chorar e pedir socorro, soltou apenas um grunhido para, então, incorporar o pitbull e se atracar, indignado, com todos os caninos afiados na calça social do cidadão. Enquanto o homem sacudia a perna para se livrar do Bento, e enquanto o Bento rosnava atracado querendo arrancar aquela perna fora, eu, que até então assistia a tudo em câmera lenta, iniciei uma corrida desembestada em direção à cena, com os braços para cima, pedindo clemência — e abandonando, no meio da calçada, a casa da gata histérica.

A subida ao último andar do prédio por aquela desgraça daquela escada em espiral foi outro acontecimento. Mala por mala, degrau por degrau, batendo em todos os cantos de todas as paredes e portas de todos os vizinhos de todos os apartamentos. Quando finalmente alcancei o novo lar, um espaço de 40 metros quadrados com sala, cozinha e banheiro no mesmo ambiente, senti como se tivesse chegado à suíte presidencial do Plaza Athénée. Merecia comemoração à altura. "Preciso internalizar que cheguei na Espanha", pensei. Desci até o restaurante mais próximo, localizado do outro lado da rua, pedi o vinho da casa e um prato de paella valenciana. Enquanto eu aguardava e bebericava, o garçom colocou sobre a mesa uma cesta contendo tomates inteiros e súper maduros, fatias de pão e dentes de alho. Nunca tinha visto nada do gênero. Chamei o garçom.

— É assim mesmo? — perguntei.

"Não faltou o senhor preparar a bruschetta na cozinha e trazê-la pronta?", pensei.

— Pa amb tomàquet — ele respondeu, em catalão.
— Fala espanhol? — quis saber.
— Pan con tomate — ele disse, apontando para a cesta.
— Pan con tomate! Claro!

"E como se come esse treco?", pensei.

— Corta o tomate ao meio, descasca o alho, esfrega o alho e o tomate no pão e come — ele ensinou, lendo meu pensamento.

Então, fiquei ali, sem hora para nada, cortando tomate ao meio, descascando alho, esfregando no pão, bebendo vinho e concordando com o velho ditado de que os grandes prazeres encontram-se nas coisas simples da vida.

Não me perdoei

Tenho tatuada na lateral do pé esquerdo a palavra "coragem". Ter coragem é pré-requisito básico para quem deseja uma vida plena e feliz — e essa é minha busca diária. Tatuei a palavra coragem na pele para que esteja próxima a mim durante toda a minha jornada e para que jamais me abandone nos momentos de fraqueza. É preciso coragem para tudo e, principalmente, é preciso coragem para envelhecer — e eu quero envelhecer. Desejo ficar velhinha, bem velhinha. Se o destino permitir, com todos os amores e amigos na volta.

Desejo viver até o último suspiro. Quando morrer, quando tiver que cruzar para o plano de lá a fim de continuar aperfeiçoando o espírito, quero que essa passagem seja tranquila. Quero olhar para trás e seguir em frente sem arrependimentos, quero ter consciência de que estou abandonando o meu corpo e indo para outra história. Sem sofrer, sem lamentar. Apenas saindo de cena com coragem, clareza e lucidez. Desejo chegar aos 100 anos com a saúde e a vitalidade da minha bisavó. Vó Yolande morreu aos 103, e eu não tive maturidade suficiente para ver seu corpo, para me despedir. Tinha 26 anos e foi a primeira vez que não me perdoei.

Enterros, sepultamentos, velórios e cremações configuram os piores programas para qualquer dia da semana, para qualquer idade ou etapa da vida de quem fica. Cerimônias fúnebres existem para a pior das despedidas. São o chamado mal necessário. Contribuem para compreender a finitude da vida, algo tão óbvio, tão sabido e ao mesmo tempo tão ignorado. Desde aquele dia sem qualquer oportunidade de volta atrás, percebi o quanto lidava mal com as perdas e constatei a urgência de trabalhar a ideia do luto dentro de mim.

Pertencem, inexoravelmente, à condição humana, as perdas e o luto. Não há nada de errado com isso. O luto é necessário, do contrário, a ferida da ausência jamais se transformará em uma saudade sadia. Ninguém sai do luto como entrou. Amadureci forçosamente e percebi que a perda daquela avó querida não precisava ser total. Ela trouxe consigo um aprendizado existencial: é preciso escutar o silêncio do morto, fitá-lo profundamente e aprender a dizer "até breve".

Chorei lendo um livro

Todos os amantes da leitura têm sua lista de escritores preferidos. Os meus variam em tudo — estilo, nacionalidade, linguagem, sexo, época. O japonês Haruki Murakami, o colombiano Gabriel García Márquez, o peruano Mario Vargas Llosa, os argentinos Jorge Luis Borges e Julio Cortázar, o espanhol José Ortega y Gasset — e mais outros tantos brasileiros que eu seria incapaz de listar sem deixar de fora alguém importante — vivem no meu coração de leitora, assim como a norte-americana Elizabeth Gilbert, a inglesa Jane Austen, a espanhola Rosa Montero e a chilena Isabel Allende. É sobre esta última que quero falar: Isabel Allende foi a primeira autora a me fazer chorar.

Em uma viagem de dez dias ao Chile, levei *Paula* comigo por recomendação da minha mãe, que acabara a leitura aos prantos.

— É tão triste assim, mãe? — perguntei, um pouco ressabiada diante da equação *leitura pesada x férias divertidas*.

— Lembrei muito de ti lendo o livro, minha filha — ela respondeu.

— De mim, mãe? Por quê?

— Olha a capa! — ela mostrou. — Vai dizer que vocês não são parecidas?

Pior é que minha mãe tinha razão. Havia um quê de Paula em mim; ou de mim nela. Uma foto em preto e branco da filha de Isabel Allende estampava a capa da segunda edição da obra que levava seu nome. Ela usava cabelo inteiro e comprido, era morena e sardenta, como eu. Prontamente houve uma identificação entre nós, com importante ressalva: o livro havia sido escrito pela mãe, Isabel, no leito de morte da filha, Paula, que sofria de uma doença degenerativa. Nada tinha a ver com a história da mãe, Iolanda, e de sua filha, Mariana, que gozava de plena saúde. Mas vai enfiar isso na cabeça de uma hipocondríaca?

Passei dez dias no Chile vivendo as dores de Paula. Embarquei de tal forma naquela viagem insana de me achar parecida com ela em tudo que logo me senti também paciente em estado terminal de porfiria. As porfirias constituem um grupo de pelo menos oito doenças, herdadas e adquiridas, que ocorrem em decorrência da produção excessiva e do acúmulo de substâncias químicas que produzem porfirina — proteína responsável pelo transporte de oxigênio na corrente sanguínea, essencial para a produção de hemoglobina. Eu nunca tinha ouvido falar dessa doença na vida e agora me sentia íntima dela e à beira da morte, feito Paula.

A diferença entre nós duas era, digamos assim, básica. Enquanto a Paula verdadeira agonizava num quarto de hospital em Madri, vítima de um problema real, a Paula falsa tomava banho de sol na piscina do hotel Grand

Hyatt, com direito a caipirinhas à disposição, decoradas com sal e rodelas de limão no copo, delirando com uma doença imaginária. Prisão de ventre, insônia, ansiedade, dormência e formigamento são alguns sintomas de porfiria. Eu sentia todos. Se acordava de manhã com o braço formigando porque havia dormido em cima dele, ia morrer. Se despertava no meio da noite e demorava para dormir, ia morrer. Se ficava dois dias sem ir ao banheiro, está vendo? Porfiria! Eu ia morrer!

Só faltou lembrar que todos esses sintomas são normais e comuns em qualquer viagem que faça. Sempre. Se tivesse que morrer de prisão de ventre, teria morrido na Inglaterra, quatro anos antes, quando fiquei 15 dias sem ir ao banheiro. Na terra da rainha, passei a quilômetros do trono. Agora, no Chile, alternava momentos de encarnação em Paula e momentos desencarnados em Mariana. Nos momentos Mariana, me divertia, visitava lugarezinhos inusitados e pontos turísticos de Santiago, desfrutava das delícias do hotel cinco estrelas, frequentava o SPA, fazia massagens. Nos momentos Paula, mergulhada nas páginas do livro, meus ombros caíam e meus olhos fixavam um ponto perdido, derramando lágrimas e lágrimas em cima das palavras de Isabel Allende. No quarto do hotel, de pijama, me olhava no espelho e mal me reconhecia. Enxergava um ser moribundo, com os dias contados, tentando encontrar qualquer motivo para aquela infelicidade de ter a vida interrompida assim, tão brusca e dolorosamente.

Paula é considerado até hoje, mais de duas décadas após sua publicação, o trabalho que teve a melhor resposta do público, segundo a autora. Isabel guarda milhares de cartas e mensagens de leitores endereçadas a ela oriundas de todas as partes do mundo. Faltou a minha para contar que, durante os dez dias em que passei no Chile, convivi com Paula na antessala da morte e só desencarnei de vez quando terminei a leitura, dois dias antes de voltar para casa, para felicidade da minha mãe verdadeira, ressalte--se, mas sobretudo para minha própria sorte, que escapei de morrer de porfiria. Se bem que poderia ter passado um bom tempo internada na solitária de algum manicômio mais próximo — com causa mais do que justificada.

Meu corpo falou

Saí da sala da terapeuta desnorteada. Trocamos algumas palavras no corredor, me despedi e peguei o elevador meio sem rumo. Já cruzava a porta principal do prédio quando o porteiro chamou avisando que ela ligava lá de cima, informando que havia esquecido meus óculos. Peguei o elevador até o quinto andar. Ela me esperava na porta.

— Não te preocupa, não é só contigo que isso acontece — tentou tranquilizar. — Tem gente que esquece o sapato — sorriu.

Na calçada, virei sem querer na direção contrária. Estava catatônica, perdida. Não sabia que rumo seguir. Havia acabado de me submeter pela primeira vez a uma sessão de Body Talk.

Body Talk é uma terapia alternativa baseada na escuta do corpo e consiste na crença de que ele sabe como curar a si mesmo. Parte do princípio da medicina tradicional chinesa de que o ser humano tem a capacidade inata de equilibrar corpo e mente. Não oferece nenhum diagnóstico ou prescrição, apenas sessões de "religação" para reestabelecer os canais de comunicação, contribuindo para a volta do bom desempenho do organismo. Receber uma sessão de Body Talk traz de imediato uma sensação de tranquilidade e lucidez mental. É uma terapia que transcende a si mesma, pois possibilita que cada um possa rever seus valores, suas atitudes e posturas do dia a dia.

A técnica também auxilia na identificação de sentimentos e emoções provenientes de situações vivenciadas que trouxeram e ainda trazem estresse e sofrimento, além de ajudar na identificação de sistemas de crenças adquiridos pela educação e pela cultura. Ao longo dos anos, desde a gestação, recebemos influências externas que contribuem para nos afastar da nossa essência até a hora em que viemos ao mundo. O Body Talk nada mais é do que a oportunidade de voltar a ela. É usado para tratar diversos problemas de saúde — de uma simples alergia a câncer — e pode ser combinado a tratamentos convencionais, visto que não é invasivo.

As sessões se atêm à escuta do corpo por meio do contato da terapeuta com o punho do paciente. Apesar de ser bastante procurado para tratar questões de saúde física, o Body Talk também é útil para os problemas de ordem psicológica e emocional. Os relatos de pessoas submetidas à técnica e o impacto das histórias narradas boca a boca respaldam o crescimento do método que já tem sido utilizado, inclusive, em unidades de saúde no Brasil. Demorou para chegar a minha hora de conferir esse negócio de perto.

Sou aquele tipo de pessoa que não precisa receber o segundo chamado para experimentar algo novo ou servir de cobaia para alguma pesquisa. Portanto, não fez falta ouvir pela segunda vez a respeito da existência de uma terapeuta de Body Talk na cidade para me agarrar ao telefone e marcar uma consulta para o dia seguinte. Ela sugeriu que lesse a respeito no site oficial, mas preferi a ignorância de um espírito sem preconceitos e julgamentos preconcebidos. Me recebeu com um sorriso, um abraço, pediu que tirasse o sapato e vestisse um Crocs esterilizado antes de entrar na sala. Como toda abordagem terapêutica, a sessão de Body Talk começa com uma entrevista em que o paciente descreve seu histórico de saúde e explica a razão de estar ali. A minha era pura busca por autoconhecimento — e pura curiosidade também.

— Podemos passar para a maca — ela convidou, após uma hora de conversa. — Relaxa bem o corpo. Vou beber um copo d'água e já volto.

Deitei de barriga para cima e fui fazendo uma checklist de todas as regiões do corpo a serem relaxadas. "Solta os pés, Mariana. Solta as costas, relaxa os ombros, libera o pescoço e a cabeça. Solta a cabeça, Mariana. Solta mais. Solta mais a cabeça, Mariana". Tenho sérios problemas de soltar a cabeça. Ela voltou e depositou algumas gotinhas de óleo essencial de lavanda na minha testa e na região do esterno. Pediu que fechasse os olhos. Segurou meu pulso esquerdo, deu algumas batidinhas nele, como quem pergunta "ô de casa?". Após alguns segundos, avisou que o corpo havia dado permissão para começar a sessão. "Ai dele que não desse", pensei. É raro, mas acontece.

O primeiro passo no sistema Body Talk é pedir ao corpo permissão para tratá-lo. Quando essa permissão é negada, imediatamente encerra-se a sessão, e o cliente fica à vontade para voltar outro dia, procurar outro especialista ou nunca mais querer ouvir falar no assunto. O contato com o pulso, técnica conhecida pelo nome de biofeedback neuromuscular, é utilizado como fio condutor para a identificação precisa e criteriosa das prioridades de cada um. Permite que o terapeuta identifique pelo movimento sutil se as respostas às perguntas mentais que faz são "sim" ou "não". Ela intercalou perguntas a mim (em voz alta) e ao meu corpo (mentalmente) com momentos de silêncio. O que foi vindo à tona era estarrecedor. Aquela mulher que nunca tinha visto na vida, dando batidinhas no meu pulso, parecia possuir um escâner capaz de ler o que se passava nos lugares mais profundos da minha alma. Não era pouca coisa.

Um baú de sentimentos e emoções acabava de ser aberto e começava a ser revirado. Medos, julgamentos, autoestima, dificuldade de expressão, necessidade de autoproteção, críticas e autocríticas: fui fundo, muito fundo, respondendo àquelas perguntas bizarras de quem parecia me conhecer de outras encarnações e viajando intensamente até o epicentro da minha natureza. Percebi o quanto a criação e a educação recebidas, aliadas às circunstâncias e aos acontecimentos da vida, colaboram para ir forjando e construindo, ao longo dos anos, uma personalidade distante de quem muitas vezes somos e desejamos ser de fato — pessoal e profissionalmente. "Jesus, do céu... E eu que me imaginava uma pessoa bem resolvida", pensei, durante os 50 minutos que durou aquela sessão (o tempo também varia de pessoa para pessoa).

— Teu corpo encerrou a consulta e pediu um tempo de processamento de duas semanas — ela disse, quebrando um longo período de silêncio.

"Como assim?", pensei.

A necessidade (ou não) de uma nova sessão, e o intervalo entre uma e outra, é algo determinado pelo próprio corpo. Ou seja: não adianta querer voltar em uma semana se o meu corpo disser para a terapeuta que só quer abrir a boca de novo dentro de um mês.

— Nesse período, pode ser que tu sonhe, que lembre de coisas, que consiga perceber novas situações em diálogos com pessoas próximas, que se observe tendo diferentes reações, ou não se incomodando com algo, ou fazendo algo que nunca tenha feito — ela explicou. — O Body Talk traz um nível de consciência diferente. A gente consegue se sacar melhor, várias fichas vão caindo — ela explicou.

Em seguida, fez toques sutis no topo da minha cabeça e na região do esterno.

— O que significa isso? — perguntei, ainda de olhos fechados.

— O toque na cabeça serve para ativar o cérebro, a fim de que ele refaça os links, e o toque no coração é para manter essas reconexões ativas — ela respondeu. — É para que tu continue processando mentalmente ao longo de dias e semanas todos os sentimentos que apareceram aqui.

— Entendi — respondi.

"Que coisa mais surreal", pensei.

— Uma recomendação importante: toma bastante água hoje — ela disse. — Quando bebemos água, ajudamos o corpo a liberar suas próprias águas paradas e profundas, contribuímos para o fluir das emoções. Outra indicação importante: não beba nada alcoólico.

"Ah, não!", pensei.

— Durante duas semanas? — quis saber.

Ela riu.

— Não, apenas hoje — respondeu.

"Ah, bom!".

Depois de sair catatônica do prédio e caminhar uma quadra na direção contrária, atravessei a rua e me dei conta de que havia estacionado o carro do outro lado. Me sentia estranha demais. Era como se tivesse conseguido resgatar uma conexão verdadeira com minha identidade mais profunda e percebido, como quem leva uma bofetada na cara, a agressão a que vinha me autoimputando ao longo de tantos e tantos anos, abafando, oprimindo e ocultando, devido a tantas influências externas, quem sou e quem desejo ser de fato. Abri a porta do carro, sentei no banco e fiquei longos minutos em silêncio. Mal entrei em casa, fui acometida por um sono incontrolável. Escrevi para a terapeuta: "E o sono que me deu?". "Normal. É o corpo pedindo para ficar em stand-by enquanto processa tudo", ela respondeu.

Fui para o quarto, deitei na cama de roupa e adormeci. Acordei de madrugada com uma azia horrorosa queimando a boca do estômago, uma dor muito, muito forte. "Meu corpo está furioso comigo", pensei. "Está me dando lição de moral. Pior é que mereço". Deitei de barriga para cima, com um travesseiro embaixo dos joelhos, e fiquei ali, respirando fundo e pedindo para que se acalmasse. "Já reestabelecemos nossa conexão, agora fica calmo", disse. "Não adianta gritar. Aqui ninguém vai ganhar nada no grito". Então chorei. Chorei muito. Caí em prantos e não lembro de ter adormecido. Só fui acordar no meio da manhã seguinte, ironicamente em posição fetal. "Pronta para um segundo nascimento", imaginei.

Aprendi a diferenciar maçãs

Tenho mania de achar que as pessoas combinam com alguns hábitos. Vou dar um exemplo particular: combino com chá. Não sou só eu que penso e digo isso a meu respeito, ressalte-se. Quem me conhece à primeira vista é capaz de apostar que bebo chá diariamente. Ou porque chá acalma, e aparento ter uma personalidade tranquila, ou porque anda de mãos dadas com a prática de ioga, e pratico ioga regularmente.

Me esforço — e muito — para consumir chás. Compro as embalagens mais lindas, passeio nas lojas mais bacanas, me inspiro com novas canecas de cerâmica, com o perfume das ervas oriundas de algum destino inusitado do mundo. Leio sobre as diferenças do chá branco para o chá verde para o vermelho para o azul para o preto, juro dia após dia que vou me tornar essa pessoa que desejaria ser, a consumidora de chás após as refeições. E aí o que acontece? Peço um expresso duplo depois da sobremesa.

Outra ideia equivocada que fazem a meu respeito é achar que sou uma consumista voraz de maçãs. Se tem fruta que sempre passou longe das minhas compras no supermercado foi a maçã. Não exatamente porque não gosto de maçã, até mordisco quando me oferecem um pedacinho. A questão maior é que nunca encontro o momento exato de comer uma maçã. Em que hora do dia se come uma maçã, me diz? No lanche da manhã? No lanche da tarde? Não apetece. No lanche da manhã, quase não sinto fome e engulo meia dúzia de frutas secas só para dar satisfação para a nutricionista; no lanche da tarde, quando bate aquela fome de ogro, sinto vontade mesmo é de cair de boca numa torrada de presunto e queijo. Sinto inveja branca de quem tira elegantemente uma maçã da bolsa a qualquer hora do expediente e dá aquela mordida de prazer feito Eva no paraíso.

Devido ao profundo descaso por maçãs, obviamente nunca passou pela minha cabeça o fato de existir variedade de maçãs — eis um conhecimento que adveio com o casamento. Meu marido defende a seguinte tese: não é que as pessoas não gostem de frutas, a questão é que elas não sabem escolher as frutas certas. Faz sentido. Me encaixo com perfeição na categoria. Até me tornar uma mulher casada, não sabia que havia diferença entre banana prata e banana caturra, por exemplo. Na minha concepção de banana, banana era banana e ponto. Tudo igual. Ledo engano.

Logo compreendi por que a banana era outra sem espaço na fruteira de casa: insistia em comprar a variedade errada. Comia a caturra, achava doce demais e só voltava a comer novamente para fins medicinais, quando sentia cãibras nos pés depois das aulas de pilates. A descoberta da banana prata mudou a vida para melhor. Nunca mais meus dedos se separaram involuntariamente depois dos exercícios e fiz dela minha fruta matinal diária, acompanhada de granola, canela, um fio de mel e um balde de café preto. Chá não levanta defunto.

Com a maçã, deu-se mais ou menos o mesmo. Só fui descobrir que existem oito variedades de maçãs quando cheguei em casa portando um saco de um quilo e descobri que havia comprado a Gala e não a Fuji — meu marido odeia a Gala e ama a Fuji, observação importante.

— Está vendo? — disse ele, apontando para a maçã errada na geladeira. — A Gala tem essas estrias aqui, essas linhas mais grossas. Está vendo? — disse ele, trazendo um exemplar ao encontro do meu nariz.

Não estava vendo nada, mas, a fim de não prolongar aquele assunto esquisito, resolvi concordar.

— Ahã — respondi.

— Já a Fuji tem umas linhas mais estreitas e discretas — continuou falando, devolvendo a maçã errada de volta para a geladeira.

— Ahã — respondi de novo.

— A Gala é mais farinhenta; a Fuji é mais suculenta.

"Fala sério!", pensei.

— Ahã — respondi.

— Da próxima vez, com essa explicação, tu não erra — ele apostou.

— Com certeza — disse.

"Pode crer".

Claro que errei — e tratei emergencialmente de inventar uma torta de maçã incrível com as oito Gala adquiridas tão logo percebi o olhar dele incrédulo ao abrir a porta da geladeira e me espiar com uma cara de pura decepção. Fiquei alguns dias com aquela chatice de variedade de maçãs na cabeça até que ponderei estar sendo inflexível e intransigente com as pobres coitadas. O assunto teve, inclusive, foro no divã da psiquiatra. Decidida a me tornar um ser humano melhor e mais evoluído, concluí que era necessário dedicar-me um pouco ao estudo das maçãs. Acionei o mestre Google e encontrei a notícia de que as maçãs Fuji, como o próprio nome sugere, são originárias do Japão, e foram nomeadas em homenagem ao Monte Fuji. Uma impressionante descoberta para a vida, sem dúvida. São facilmente encontradas no Brasil e possuem um tamanho bem avantajado. Sua coloração é vermelho-clara com toques de amarelo. No quesito sabor, as Fuji são adocicadas e não muito ácidas.

A variedade de maçã Gala foi descoberta no Canadá e é considerada uma das melhores opções para comer direto do pé — coisa que jamais fiz e jamais farei. Se já não engulo muito bem uma maçã lavada e geladinha, que dirá uma espécie morna, suja e farinhenta? As maçãs Gala são pequenas e têm uma casca bem fina. Sua base é vermelha e possui algumas misturas de verde e amarelo. No quesito sabor, elas possuem um leve toque de baunilha. Embora a Gala seja muito boa para comer sozinha, ela também é excelente para usar em saladas e molhos. Incrível! Como pude sobreviver sem essa sabedoria?

Minha pesquisa resultou praticamente em uma tese de doutorado sobre a diferença entre a Gala e a Fuji. A teoria é fantástica; a prática nem tanto. Mesmo de posse de tamanho embasamento, jamais consegui acertar na hora de comprar a maçã certa no supermercado. Um belo dia, percebi que, muito mais fácil do que ficar andando em círculos no setor de hortifrúti, seria mapear quais lojas fazem o favor de identificar a variedade em letras garrafais. O que fiz? O cartão fidelidade de todas elas.

Achei que fosse morrer em um acidente aéreo

Trabalhando cerca de oito horas por dia, de segunda a sexta-feira, torna-se difícil conseguir escapar para algum refúgio paradisíaco nos fins de semana. Vontade não falta. Dá preguiça mesmo. Quando há feriadão no calendário, o desejo até surge, mas logo vem acompanhado da razão — e a certeza de que todo mundo teve a mesma ideia e vai todo mundo para o mesmo lado ao mesmo tempo. O melhor é não sair de casa. Teve uma vez, porém, que decidi encarar a aventura de sangue doce. Foi no feriado de 7 de setembro de 2009 — uma data que ficará marcada para sempre na memória.

O destino era o Rio de Janeiro, passagem barbada, lugar onde ficar, oportunidade de tirar o mofo do frio e do inverno do Sul. Andar de avião não é, nunca foi e jamais será uma experiência tranquila — e só tem piorado com o passar dos anos. Aos 20, meu medo era espantado recitando em silêncio a simples oração que minha bisavó ensinou na hora da decolagem.

Chagas aberto
Coração ferido

Sangue de nosso senhor Jesus Cristo
Entre nós e o perigo
Ó, Maria concebida sem pecado
Rogai por nós
Que recorremos a vós

Agora, aos 40, começo a rezar na véspera da viagem e ainda preciso potencializar a fuga do pavor enfiando um Rivotril embaixo da língua. Se a aeromoça oferece bebida alcoólica, aceito, óbvio. Coleciono frases de escritores e poetas sobre avião que me representam. "Os homens se dividem em duas espécies: os que têm medo de viajar de avião e os que fingem que não têm", Fernando Sabino. "Basta um avião sacudir um pouquinho mais e logo todos os passageiros ficam parecidos com a foto do passaporte", Millôr Fernandes. "Ninguém é ateu num avião com turbulência", Erica Jong. A pérola-mor pertence a Vinicius de Moraes: "O avião é mais pesado que o ar, tem motor a explosão e foi inventado por brasileiro. E você ainda quer que eu ande nele?".

Começo a sofrer no dia da emissão do bilhete, sofro calada na noite da véspera do embarque, tento fingir que nada está acontecendo na ida para o aeroporto, suplico pelo amor de todos os santos para ser colocada em uma poltrona na janela, observo o rosto de todos os passageiros do mesmo avião com a ideia fixa de que saberei ler nos olhos de cada um se estão partindo para a última viagem de suas vidas (e pretendem me levar junto). Também fico obcecada com o número do voo, imaginando as manchetes dos jornais do dia seguinte com a notícia "o fatídico voo 6094".

Antes de embarcar, não há momento pior do que a pergunta do atendente na hora do check-in:

— Telefone de contato de um familiar, por favor.

Esta é uma pergunta que deveria ser terminantemente proibida de ser feita a pacientes com fobia de avião. Não bastasse me encontrar em um momento absurdamente delicado da existência, ainda preciso lançar mão de alguma racionalidade a fim de buscar identificar qual infeliz familiar teria melhores condições psicológicas de receber o telefonema da companhia aérea confirmando que o avião em que me encontro se espatifou em algum lugar. Outra situação bizarra é ouvir que o assento da poltrona é flutuante e que, em caso de pouso na água, devo retirá-lo e levá-lo para fora da aeronave. Querem que eu acredite que o avião vai deslizar lindamente por algum oceano, eu vou pedir licença para o passageiro ao lado, pegar a bolsa, abrir a porta e boiar feito turista em piscina de algum resort do Caribe?

Antes do acidente com o avião da TAM sem freio, em São Paulo, e antes da tragédia com aquele voo da Germanwings, em que o copiloto resolveu se suicidar levando 150 infelizes de arrasto, eu ficava mais apreensiva apenas na hora da decolagem, com medo de que a geringonça não conseguisse sair do chão. Como tudo sempre pode piorar, agora fico aterrorizada também na aterrissagem — e peguei mania de, ao entrar no avião, enfiar a cabeça para dentro da cabine com o intuito de fitar profundamente o piloto. Mais um incômodo terrível é que falem comigo durante o voo. Não gosto de conversar, preciso me concentrar na janela e nas minhas orações. Passo a viagem inteira com a testa colada no vidro, olhando para baixo — daí a razão de preferir viajar durante o dia. Consigo identificar melhor o terreno onde me jogar, caso perceba algum acidente iminente. Sim, eu alimento a fantasia de que não explodirei junto com o avião. O que vai acontecer comigo ainda não pensei. Talvez um dia descubra. No começo do namoro, meu marido gostava de bater papo, mas os anos de convivência fizeram com que respeitasse o meu silêncio.

Naquele fim de feriado de 7 de setembro, no voo de volta do Rio, ele lia uma revista dessas de bordo, com a mesinha baixa e um copo de água à disposição enquanto eu nutria um torcicolo grudada na janela. Era noite, e a viagem estava aparentemente tranquila, sem turbulências. Próximo a Porto Alegre, avistei uns raios e trovões no horizonte.

— Acho que está chovendo — comentei.
— É? — ele respondeu, absorto na leitura.
— Estou vendo uns raios e trovões lá na frente.
— Hum...
— Viu? Ali, olha! — apontei

Ele esticou o corpo para perto da janela e espiou em direção ao meu dedo indicador em riste.

— Não é nada, meu amor. Fica tranquila.

Podia jurar que ele tinha visto os raios e trovões e dizia aquilo só para que meu estado mental não piorasse. Se tem coisa que me deixa ainda mais aflita é alguém dizer que não tem nada acontecendo quando eu tenho certeza de que tem alguma coisa acontecendo — mesmo que os fatos comprovem que nada está acontecendo. Chico é o rei de fazer isso. Tem zero medo de avião. Senta, recosta a poltrona e dorme como se estivesse em casa.

— Tu acha que vamos pegar turbulência? — perguntei, com a testa colada no vidro.

— Eu ainda não entendi a que turbulência tu te refere — ele falou. — Não tem nada acontecendo!

— Mas vai acontecer! Olha lá, ó! Os raios e trovões! — insisti.

— Não é nada, meu amor, fica tranquila — ele respondeu, colado na leitura da revista.

Voltei a ficar em silêncio observando os clarões no horizonte. Não demorou muito, a voz do piloto se fez ouvir no alto-falante. Apresentou-se, como de praxe, e avisou que havia uma tempestade na rota e que, por precaução, havia pedido permissão à torre para mudar o percurso a fim de escapar e evitar maiores desconfortos.

— Viu? Eu não disse? Tempestade! O que tu acha que ele quis dizer com "maiores desconfortos"?

— Exatamente o que ele disse: "maiores desconfortos".

Fiquei imaginando o significado de "maiores desconfortos". Uma turbulência leve? Só uma sutil balançadinha? Comecei a rezar a oração da vó, coloquei a poltrona em posição vertical, apertei um pouco mais o cinto de segurança e reclinei a cabeça para frente até encontrar com o topo dela na mesinha. Fiquei ali, com as mãos juntas, os dedos cruzados, olhando para o chão.

— Tá te sentindo bem? — quis saber o Chico.

— Óbvio que não — respondi.

— O que houve?

— Quero saber o que ele quer dizer com "maiores desconfortos".

O piloto voltou a se comunicar pelo rádio. Explicou que, apesar de desviada a rota para evitar a tempestade, não seria possível chegar ao destino sem passar ileso por ela. Teríamos uma forte turbulência pela frente. Ordenou, então, que apertássemos os cintos. Comecei a chorar em silêncio e a suar frio. Poucas coisas são piores de ouvir nessa vida do que a ordem vinda do piloto para apertar os cintos dentro de um avião a dez mil metros de altura. Encarei o Chico com cara de pânico, sem conseguir dizer nada.

— Fica tranquilinha — ele falou, segurando a minha mão. — Está tudo certo.

A voz da aeromoça no rádio pediu aos passageiros que ainda estavam com copos de bebida que os acomodassem no bolsão à frente da poltrona. Devido à iminente turbulência, não passariam para recolher o lixo. Chico bebeu o último gole de água e obedeceu; eu fechei os olhos. De repente, foi como se o avião tivesse caído em um vácuo, uma espécie de vazio na atmosfera. Não parava de cair embalado pela sinfonia de gritos de alguns viajantes tão desesperados quanto eu, porém menos contidos. Podem me acusar de tudo nessa vida, menos de fazer escândalo a bordo. Não abro a boca. Meu sofrimento passa despercebido. O avião foi, em seguida, jogado com força para o lado direito; logo, para o esquerdo; mais uma queda livre; mais gritos desesperados somaram-se à oração da Ave-Maria em voz alta que vinha de uma senhora no fundão. Chico me espiou. Eu estava visivelmente atormentada. Segurou forte minha mão.

— Respira fundo, vai ficar tudo bem — disse.

Eu não chorava, não falava, não reagia. Sentia uma espécie de calafrio percorrendo a espinha, os joelhos batiam descontroladamente. O avião passava por uma turbulência sem trégua. A sensação era de estar dentro de uma máquina de lavar roupa no momento em que ela inicia o processo de centrifugação. Movimentos bruscos jogavam o corpo das pessoas para lá e para cá, a asa do avião chacoalhava tanto que dava a impressão de que se desprenderia a qualquer momento. Aos gritos e à Ave-Maria somou-se a indignação de quem exigia uma satisfação prévia diante da inescapável fatalidade. "Fala alguma coisa", gritavam uns para o comandante. "Diz para a gente se isso vai ter fim", berravam outros. "Não vamos conseguir sair daqui!", repetia um senhor na poltrona ao lado. "Nós vamos morrer, nós vamos morrer", insistiam os mais desalmados.

No meio daquela tormenta, voltei a buscar no meu marido meu porto seguro. Mas não encontrei. Pela primeira vez, senti que ele estava com medo. Com muito medo. Tinha a cabeça apoiada no encosto da poltrona e olhava fixamente para frente.

— Tu acha que vamos morrer? — perguntei, querendo ouvir dele a mesma recomendação para ficar tranquila, que ia acabar tudo bem.

Só que desta vez a resposta que eu queria não veio.

— Não tem como saber, meu amor. Vamos rezar? Só nos resta rezar. Segura na minha mão e vamos rezar.

Rezamos. Rezamos de mãos dadas, de olhos fechados, perdidos dentro daquele maldito avião sacolejando entre raios, trovões e tempestade. Não morremos, como dá para perceber. A turbulência ainda continuou por um bom tempo, e o piloto, um senhor experiente, terminou sua sina ovacionado pelos passageiros e pela tripulação. Alçado a herói, recebeu os parabéns e o aperto de mão como despedida de cada um dos afortunados sobreviventes que tentavam andar em linha reta para fora da aeronave.

— Meus parabéns — disse o Chico, estendendo a mão para cumprimentá-lo, quando chegou a vez do nosso desembarque. — Acho que, se não fosse o senhor, não estaríamos aqui.

Ele deu um sorriso, consentiu com a cabeça e agradeceu.

— Acho que, dessa vez, fomos realmente abençoados.

E depois a louca sou eu.

Cobri como repórter uma partida de futebol

Quando era criança, jogava futebol melhor que muitos guris. Era mesmo boa de dribles. Se tivesse investido no futebol profissional, não teria dado em nada, visto que minha genialidade com a bola não alcançava níveis de craque europeu, mas poderia ter defendido algumas camisas de segunda divisão por aí naquela posição estratégica de meio-campista, a atleta cérebro das jogadas. Modéstia à parte, fui uma ótima armadora na infância. Sempre gostei de futebol, sempre fui a estádios de futebol com meu pai, desde pequena. Natural, portanto, que, ao chegar ao primeiro emprego como jornalista e ser designada para cobrir esporte na televisão, não tenha sentido qualquer desconforto, pelo contrário. Estava em casa. Fazia entradas ao vivo com técnicos nos hotéis em que as equipes se hospedavam, cobria treinos, participava de coletivas — e uma, uma única vez fui escalada para estar em campo, ao vivo, na partida entre Grêmio e não me lembro o quê. Por mais abacate que ande comendo no dia a dia, a memória falha bastante.

Cheguei em casa orgulhosa, alardeando aos quatro ventos que estaria em campo como repórter naquele jogo de Copa do Brasil no Olímpico Monumental. Prontamente, meu pai e irmão combinaram de assistir ao vivo e in loco das cadeiras do estádio. Tinha meus 20 e poucos anos, o cabelo inteiro e comprido roçando o cóccix, todo iluminado por mechas douradas. Vestia manequim 38. Para feia eu não servia. Que dirá na beirada do campo com dezenas de boleiros na volta e uma torcida bagaceira no costado. Procurei ser o mais discreta possível no figurino daquela noite, com meu irmão buzinando nos ouvidos para o horror que seria pisar em campo com aquela catrefa na volta.

— Presta atenção no que tu vai vestir — dizia ele, preocupado.

— Não vou de baby-doll cobrir partida de futebol — eu ironizava.

— Só estou te dando um toque, depois não diz que não avisei.

Avisar o quê, Jesus? Por acaso estaria eu, uma repórter esportiva, com crachá de jornalista pendurado no pescoço, ameaçada de sofrer um estupro coletivo na beira do gramado e na frente de 40 mil pessoas? Vesti uma calça jeans, blusa de lã, bota e um casacão por cima. Pensei em prender o cabelo em um rabo de cavalo, mas ele andava tão exibido e brilhoso que deixei solto mesmo. Fazia frio e a orientação do meu editor era para ficar na beira do campo ao lado dos outros jornalistas e radialistas de todas as outras emissoras. Mas não era só. Havia uma missão especial — e ai de mim que voltasse para a redação sem cumpri-la: precisava entrevistar o meio-campista gremista Denner no intervalo do primeiro tempo, antes de ele correr para o vestiário. Como era minha estreia no papel de jornalista esportiva em campo, procurei me informar com detalhes a respeito do que especificamente precisava saber do Denner a fim de não perder tempo.

— Entra em campo, resmunga qualquer coisa e coloca o microfone na cara dele — meu chefe respondeu, mexendo em uns papéis, sem olhar muito na minha cara, só faltando cuspir no chão.

— Como assim? — eu quis saber.

— Esses jogadores nunca respondem pergunta nenhuma. Falam qualquer coisa. Pergunta qualquer coisa porque ele vai responder qualquer coisa.

"Pergunto qualquer coisa porque ele vai responder qualquer coisa. Que brilhante aula de jornalismo", pensei.

— Então eu saio correndo campo adentro, paro na frente do Denner e digo algo como "uma jogada difícil aquela de escanteio", ou "dificuldade para abrir o placar", tipo isso? Falo qualquer coisa, ele vai responder qualquer coisa e essa qualquer coisa serve, é isso?

— Exatamente.

"Uma conversa de louco, mais precisamente".

O estádio estava lotado. Pai e Conrado tinham dito mais ou menos onde iriam sentar — e eu fiquei ali, na beirada do campo, atrás de uma das goleiras, esperando o jogo começar enquanto dava umas espiadinhas em direção às cadeiras para ver se os avistava. Para quê? A torcida chinelona e baixo nível atracada nas grades da geral, aquela cambada de bêbado e desdentado, achou que eu dava mole para a galera. Logo uma legião de fanáticos torcedores desbocados descobriu que havia uma morena de cabelo comprido e mechas iluminadas, manequim 38, no campo dando mole para toda a tropa bagaceira da geral — e logo comecei a ouvir toda sorte de impropérios.

— Gostosa, gostosa, gostosa!!! — era o que de mais publicável escutava.

Com os jogadores em campo, e autorizado pelo juiz o primeiro toque de bola, o suprassumo da minha beleza efervescente logo caiu no esquecimento. Aproveitei o anonimato e saí em disparada para me enfiar o máximo que pude no túnel que dava acesso ao vestiário. A ideia era ficar ali, foragida, longe dos olhos daquela gentalha, esperando apenas o finalzinho do primeiro tempo para sair feito predadora atrás de qualquer coisa que pudesse sair da boca daquele Denner. Mal soou o apito do juiz, invadi o campo.

— Partida difícil, Denner? — disse, e enfiei o microfone na cara dele.

— O time está entrosado e vamos buscar o resultado — ele respondeu, e saiu andando rápido em direção ao vestiário.

"O time está entrosado e vamos buscar o resultado". Fiquei pensando que espécie de resposta era aquela e se ela queria dizer alguma coisa. Sobretudo se ela teria significado na matéria do dia seguinte, caso o time viesse a perder. Concluí que não. Chamei o câmera e saí em disparada atrás do jogador. Tentando acompanhar as passadas rápidas de boleiro, voltei a enfiar o microfone na cara dele.

— Alguma estratégia para o segundo tempo? — perguntei.

— Agora é ouvir o professor.

"Agora é ouvir o professor", repeti em pensamento. "Esse Denner está de gozação com a minha cara. Será tão difícil falar direito?".

Fiz outro sinal para o câmera para que voltasse a me acompanhar e dei outra disparada atrás do jogador, que já se aproximava do túnel de acesso aos vestiários. Estava um bocado irritada. "Foi para isso que estudei, Jesus? Para ficar correndo atrás de boleiro e ouvindo piadinha de bêbado desdentado?". Voltei a enfiar o microfone na cara do sujeito.

— Alguma expectativa de mudança na equipe para o segundo tempo? — perguntei.

Ele acenou com a cabeça negativamente e entrou no túnel sem dizer nada, e eu fiquei ali, estaqueada, na beira do gramado, voltando a ser reconhecida pela catrefa da geral como a gostosa que tinha tirado a noite para passear no gramado do Estádio Olímpico dando mole para a galera. Denner morreu precocemente menos de um ano depois, em 19 de abril de 1994, quando seu carro, um Mitsubishi Eclipse, dirigido por um amigo, perdeu a direção e chocou-se com uma árvore na Lagoa Rodrigo de Freitas. O jogador dormia no banco do carona e foi sufocado pelo cinto de segurança. Investigações posteriores descobriram que Dener deixou o banco inclinado demais, anulando a eficiência do cinto. Na época, fiquei mortificada com a notícia e subitamente aquela revolta de profissional principiante transformou-se em admiração e carinho. Devo a Denner a compreensão definitiva de que a carreira no jornalismo esportivo jamais me levaria a lugar nenhum.

Morei na Califórnia

Para duas coisas na vida meu pai nunca negou recurso: saúde e educação. Pouco antes de completar 18 anos, achei por bem utilizar com pompa e circunstância uma parte desse fundo de investimento e aventei a possibilidade de morar na Califórnia durante seis meses com foco no objetivo de voltar para casa fluente em inglês — e me poupar de passar o resto da vida frequentando a desgraceira do cursinho de língua inglesa e decorando as falas de Mister Freeman e Sally Baker. Pesquisei algumas escolas de intercâmbio na Califórnia e levei folhetos para a aprovação familiar. Chegamos ao consenso de que meu destino seria a United States International University, em San Diego. Um mês antes de embarcar, já me sentia a própria Garota de Malibu, saltitando pelos cômodos da casa, fazendo a dancinha da vitória e cantando Lulu Santos com todas as entonações possíveis e imagináveis:

Garota, eu vou pra Califórnia
Viver a vida sobre as ondas
Vou ser artista de cinema
O meu destino é ser star

O propósito era única e exclusivamente o estudo, mas vá que algum agente me descobrisse em um supermercado e me convidasse para fazer um teste... Afinal, Hollywood era logo ali e tudo podia acontecer. Na data do sonhado embarque, fui levada ao aeroporto pela família e pelos amigos do colégio — com direito a dramas existenciais de uma adolescente típica que considera tudo na vida uma eternidade e acredita que os momentos estão fadados a durar para sempre. Me abraçava a cada um e chorava baldes de lágrimas, como se estivesse sendo obrigada a me exilar em algum destino inóspito do planeta Terra. O melô do adeus era ainda menos compreensível pelo fato de uma das minhas melhores amigas estar partindo comigo para a mesma temporada de estudos na mesma escola. Estaríamos unidas feito irmãs siamesas durante todo o período na Califórnia.

Faltando pouco menos de uma hora para o avião aterrissar na América, fui ao banheiro lavar o rosto e averiguar o que se passava com minhas pernas, visto que parecia estar sendo atacada por um esquadrão de pulgas esfomeadas. Não conseguia parar de me coçar, feito bicho sarnento. Baixei as calças e percebi que trocava de pele feito cobra. O organismo depositava na descamação da pele o estresse da aventura que havia inventado. A ilusão de passar um semestre no epicentro da efervescência cultural e artística de San Diego se esvaeceu tão logo desci do furgão que me buscou no aeroporto para conduzir ao campus da universidade, minha nova casa. O local ficava distante 48 quilômetros do centro da cidade, no município vizinho de Escondido, nome que só contribuía para a minha sensação de solidão e desamparo.

Recebi as chaves do dormitório e fui apresentada a Jina, minha colega de quarto, uma coreana que trocava o R pelo L e repetia três vezes cada palavra de uma mesma frase. Dani, minha amiga do colégio, foi acomodada em um dormitório bem distante do meu para evitar que as brasileiras passassem seis meses falando português e voltassem para casa pior do que chegaram. Em 1991, internet, smartphones, tablets, computadores, essa tecnologia que hoje a gente não imagina ausente, simplesmente não existia. A comunicação era feita por cartas e telefone — no meu caso, por meio do orelhão que ficava junto à cancha de basquete em frente ao meu quarto.

Uma vez por semana, ligava para casa para falar com pai e mãe. Desligava com lágrimas nos olhos. Olhava ao redor todos aqueles eucaliptos enormes que contribuíam para esconder ainda mais a universidade de Escondido e me sentia feito prisioneira. Todos os dias, escrevia cartas e mais cartas para todos os amigos que havia deixado às lágrimas no Brasil. Visitava a caixinha do correio da universidade de manhã e à tarde à espera de respostas e notícias de cada um. Me abraçava em cada correspondência que chegava, lia e relia todas elas e, ao final do dia, antes de dormir, fazia um xis bem grande com caneta vermelha no calendário que havia pendurado em cima da cama numa espécie de contagem regressiva para voltar para casa.

Para piorar ainda mais a situação, Jina, a coreana gentil à primeira vista, se mostrou uma louca de atar em poste. Não bastasse acordar no meio de todas as madrugadas, fazia o favor de acender a luz na minha cara e ficava murmurando uns mantras esquisitos, sentada na cama de olhos fechados e pescoço dançando em circunferências para lá e para cá. Em uma das ocasiões, tirei o travesseiro da cabeça e quis me informar que espécie de meditação do capeta era aquela.

— Shhhhh — ela falou, com o dedo na boca pedindo silêncio e sem sequer abrir os olhos. — Be quiet, Maliana.

Um belo dia, sofreu efeito reverso. Eu chegava no dormitório, após a aula, quando percebi uma sombra movendo-se através da cortina. Essa sombra saltitava freneticamente em cima de algo. Abri a porta e parei estaqueada. Jina sapateava em cima da minha cama. Atirava todos os lençóis e cobertas para cima e soltava um grunhido. Quando me viu, arregalou aqueles olhos puxados, jogou o corpo todo para frente, levantou os lábios, mostrou os dentes e com aquela mania de trocar o R pelo L jogou sua maldição sobre mim.

— I late you, Maliana!

"Eu também te odeio, coreana maldita dos infernos".

Jina estava fora de si. Naquela mesma noite, foi transferida de quarto. Amparada pelo segurança do campus, saiu porta afora me encarando, como se estivesse de frente para o demônio e com o diabo no corpo. Nos dois dias seguintes, não conferi a caixinha de correio e tampouco compareci às aulas. Caí de cama, com gastrite nervosa, chorando de saudade de casa. A Califórnia estava muito longe de ser mais do que um sonho. Menor de idade, sem carteira de motorista e distante 48 quilômetros do centro da civilização, me sentia a própria refugiada e só podia colocar o nariz para fora do campus quando algum passeio de fim de semana surgia. Compadecidos do meu desalento, meus pais autorizavam que fosse a todos.

Na van da USIU pelas estradas da América, me senti um pouco mais livre. Conheci Las Vegas, Palm Springs, Los Angeles e San Francisco — e a San Francisco desejo muito voltar para apagar a má impressão. Sem dinheiro para levar na viagem, já que a transferência feita pelos meus pais não chegara a tempo da partida, embarquei no programa com apenas dez dólares na carteira, sem dizer nada para ninguém. Preferia morrer de fome em San Francisco a perecer de depressão no dormitório da universidade. Lembrei do conselho do meu pai, médico, sobre não ficar muito tempo de barriga vazia. "Quando achar que não vai ter tempo de almoçar, come ao menos um pedacinho de chocolate, minha filha", ele sempre fala. "Assim, tu não fica de barriga vazia, e o açúcar do chocolate ajuda a manter o nível de glicose no sangue".

Em San Francisco, o que não faltava era tempo para me esbaldar nos prazeres da boa mesa. O problema era dinheiro. Comprei um pacote contendo 20 barras de chocolate Mars, recheado com amêndoas e caramelo, por módicos US$ 8,90. Durante os quatro dias que passei na cidade, Mars foi onipresente no cardápio do café da manhã ao jantar — e contribuiu bastante para a definição da minha silhueta antes de voltar para o Brasil. Com seis quilos de excesso nas regiões do abdômen, flancos e quadril, fui recebida com festa pelos mesmos amigos e pela família no aeroporto. Meu adorado pai, aquele sábio senhor responsável por evitar que a primogênita definhasse no continente vizinho, me deu um abraço bem apertado e um conselho ao pé do ouvido que faria questão de controlar de perto, feito general, nos meses seguintes:

— A partir de agora, só folhas de alface no prato, filhinha.

Desfilei na Marquês de Sapucaí

Não sei exatamente em que momento da vida me tornei mangueirense, mas fato é que sou verde e rosa desde que me conheço por gente. Natural, portanto, que fizesse minha estreia na Marquês de Sapucaí defendendo as cores da escola de Jamelão. O tema daquele Carnaval de 2005 era "Mangueira energiza a avenida — O Carnaval é pura energia e a energia é nosso desafio". Alemoa e eu escolhemos nossas fantasias de "energia positiva" pela internet, no site da escola, e pagamos em três suaves prestações seis meses antes. Contava os dias para deslizar sorridente pela avenida como a mais talentosa das passistas.

Deveria existir uma lei obrigando o Estado a advertir carnavalescos de primeira viagem para não acreditarem nas imagens sorridentes que aparecem na tevê. Ou, quem sabe, faltou me informar melhor a respeito dos preparativos das sambistas profissionais para encarar a madrugada de folia. A regra é só uma: alimentação leve, hidratação e descanso. Fui tomar conhecimento de tal pré-requisito quando já era tarde. Nem o mais amador dos gringos faz o que fizemos. Passamos o dia estiradas na areia de Ipanema, sob um sol de quase 40 graus, bebendo cerveja e imaginando o sucesso da nossa performance.

Voltamos para casa quando já anoitecia, tomamos banho e cometemos o segundo pecado dos ignorantes: vestimos a fantasia antes de chegar ao Sambódromo. Manda a lei do bom folião que ele se dirija para a Marquês de Sapucaí com sua fantasia devidamente acomodada em sacos plásticos, tal qual é entregue pela escola, e que só vista a dita cuja no momento de dirigir-se para a concentração. Pois nós vestimos o traje de "energia positiva" para entrar em um táxi Fiat Uno. O traje podia ser considerado tudo, menos minimalista. Consistia em um macacão prateado com dois suportes de arame que se encaixavam em cada um dos ombros e de onde brotava uma profusão de plumas. Para a cabeça, estava reservado um chapéu prateado bem justo, mas tão justo que espremia as têmporas fazendo com que os olhos quase saltassem para fora do globo ocular.

O motorista nos deixou nas imediações do sambódromo antes que uma conseguisse a peripécia de furar o olho da outra com aqueles arames que prendiam as plumas — e antes que metade das plumas fosse engolida por cada uma de nós. Chegamos à Sapucaí quatro horas antes do horário da entrada da Mangueira na avenida e não restava outra coisa que não fosse esperar parada, sem se mexer, para não desmanchar o que restava de "energia positiva" no nosso corpo, sob pena da escola ser penalizada no quesito Alegorias e Adereços. Só que a tarde de hidratação à base de cerveja na praia começou a cobrar seu preço. Deu-se início, então, ao revezamento no banheiro químico sem tranca por dentro. Enquanto uma cuidava a porta do lado de fora, a outra se debatia nas paredes do apertado banheiro, com dois metros de plumas saindo de cada ombro, até conseguir tirar o mínimo necessário do macacão a fim de aliviar a água do joelho.

Uma hora antes da Mangueira entrar na avenida, eu exibia um humor de cão. Minha fantasia já havia sido costurada duas vezes pelas plantonistas da escola, me sentia levemente mijada nas pernas devido à falta de desenvoltura e espaço no banheiro químico e uma dor de cabeça dilacerante corroía meus miolos esmigalhados por aquele maldito chapéu com duas antenas viradas para a lua. Como se não bastasse, fui apresentada a um exército de nazistas do carnaval, um séquito de integrantes da escola, fiscais medindo dois metros de altura cada um, vestidos com uma espécie de abadá enfeitado com o brasão da Mangueira, que encaram, ano após ano, aquele momento na avenida como questão de vida ou morte.

Quando o hino da verde-rosa tocou anunciando a entrada triunfal da escola na passarela do samba, aqueles homens de dois metros, que controlavam principalmente o comportamento de foliões desavisados feito nós duas, passaram a sacudir as mãos e a berrar para que pulássemos, sorríssemos e cantássemos o samba-enredo da escola. Quem disse que nós sabíamos? Na fila atrás de mim — e com aqueles bons quilos de fantasia nas costas —, Alemoa começou a sentir a diversão transformar-se em pesadelo. E o que faz a Alemoa quando sente a diversão transformar-se em pesadelo? Ela fica estressada. E o que ela faz quando está estressada? Ela berra e xinga. Berra e xinga quem? A pessoa com quem tem mais intimidade. Naquele caso, eu.

— Dança, Mariana! Vai, traste! Gira! Balança a fantasia! — berrava a Alemoa, com aquele sotaque bageense carregado atrás de mim, em meio à batucada ensurdecedora da bateria à nossa frente.

Quanto mais os fiscais achavam que a Alemoa não estava dando tudo de si — ou quanto mais ela julgava que eles estavam monitorando cada passo dela —, mais acuada ela se sentia — e mais se julgava no direito de descarregar em mim.

— Tu tá ouvindo o que eles estão dizendo? Te mexe, traste, ou a escola vai perder ponto!

Não havia mais o que pudesse fazer. Saracoteava de um lado a outro na largura daquela avenida, exausta, com os braços para cima, louca para fazer xixi, com uma dor de cabeça enlouquecedora, fingindo saber cantar muito mais do que o refrão:

A energia do samba
É o combustível do amor — Sou Mangueira
Nos braços do povo fazendo fluir
A verde e rosa na Sapucaí

Faltavam ainda uns bons 15 minutos para chegarmos à Apoteose. Então, virei para trás e qual não foi a surpresa: dei de cara com aqueles dois olhos esbugalhados da Alemoa, as bochechas roxas com as sardas saltando e uma expressão de pavor.

— Acho que vou ter um ataque cardíaco — ela dizia.

— Não posso mais.

— Calma que falta pouco — tentei tranquilizar.

Foi nosso primeiro e último diálogo na passarela do samba. Quando, enfim, terminamos o percurso, fomos cuspidas por aqueles fiscais e pelos integrantes da ala que vinha logo atrás para fora do sambódromo, direto na avenida, quase atropeladas por carros e ônibus, feito duas indigentes tentando carregar nas costas quilos de plumas que um dia consideramos sinônimo de puro glamour.

Fui uma fã apaixonada

Houve uma época em que o coração das adolescentes de 13 a 15 anos dividia-se entre Menudo e Dominó. O quinteto porto-riquenho Charlie, Ray, Roy, Robby e Ricky compartilhava o centro das atenções do mundo das fãs apaixonadas com o quarteto brasileiro Afonso, Nill, Marcos e Marcelo. Não lembro de ter sofrido tanto por amor. Foi uma flechada à primeira vista. Me dirigia ao banheiro para escovar os dentes antes de dormir, quando cruzei pela sala e percebi que havia deixado a televisão ligada. Me aproximei para desligá-la quando o apresentador Gugu Liberato chamou aquela nova banda ao palco para apresentá-la à plateia — e ao Brasil. Um a um, eles entraram em cena acenando alegremente para o público de mulheres histéricas. Foi então que senti como se o mundo tivesse feito uma pausa.

Tudo ficou em silêncio, perdi a noção de tempo e espaço. Acabava de reconhecer, do outro lado da tela, minha alma gêmea, o grande amor da minha vida, o príncipe encantado que viria me buscar em um cavalo branco para cavalgarmos rumo ao nosso castelo encantado. Lenilson dos Santos, o Nill, tornava-se, naquele momento, minha nova razão de viver. Sentei no sofá e fiquei imóvel, hipnotizada pelo magnetismo que saía dos olhos amendoados daquele rapaz moreno em minha direção. Éramos feitos um para o outro. Quando Gugu pediu ao grupo que apresentasse o novo hit, me vi saracoteando de pijama no meio da sala, imitando a coreografia de *Companheiro*, numa espécie de celebração do amor.

Companheiro
Companheiro vem
Vem no balanço do mar
Vem depressa
Vem depressa vem
É tão gostoso dançar

Minha vida passou a girar em função de Nill e Dominó. Consumia todas as revistas de fofocas que traziam uma reles fotografia da banda, recortava e colava em folhas brancas de papel ofício todas as capas, matérias, registros e notas sobre eles, guardava essas folhas brancas em sacos plásticos acomodados em uma pasta preta com capa de couro — e essa pasta ficava escondida na parte de cima do meu armário para que ninguém jamais desconfiasse da paixão até então não correspondida. Porque, sim, tinha certeza: um dia, Nill me reconheceria em meio à multidão, nossos olhares se cruzariam e, então, ele me estenderia a mão para, juntos, formarmos uma só alma.

Enquanto esse momento não chegava, me contentava em acalentar em silêncio nosso amor junto ao peito — e admirava, noite após noite, antes de dormir, a constelação particular que havia criado para nós dois no teto do meu quarto. Dúzias de cartelas de estrelas Starfix que brilhavam no escuro tinham sido compradas a fim de desenhar com pontinhos reluzentes naquele céu imaginário as palavras Mari & Nill envoltas por um coração de brilhante. Não perdia um programa na tevê, guardava todos os LPs que o grupo lançava, sabia de cor todas as letras de todas as músicas e sonhava, ano após ano, com o dia em que Nill e eu ficaríamos frente a frente para ele enxergar em mim a Cinderela de sua vida.

Um belo dia após o almoço, lia o jornal no jardim de casa quando deparei com a notícia esperada por quase uma eternidade: Dominó viria a Porto Alegre para um show. Mas isso era o de menos. O quarteto receberia as cem primeiras fãs que chegassem na porta de uma rádio da cidade com o LP para ser autografado. Liguei imediatamente para uma amiga que amava o Marcelo para combinar o plano de ação. Ficou decidido que a mãe dela nos levaria ao aeroporto para esperar a chegada do avião do grupo e o meu pai nos buscaria e levaria direto para a rádio. Poucas vezes senti nos olhos do meu pai uma reprovação tão severa e endurecida como naquela fatídica tarde de primavera de 1985, quando cruzei na frente do carro, com os braços para cima, gritando atrás da van que conduzia meu amor para longe de mim.

Pai descarregou a dupla de dementes na porta da rádio, onde uma imensa fila já se formava. Pela contagem que conseguimos realizar meio por cima, estávamos incluídas entre as cem predestinadas a momentos a sós com seus prometidos. Era a chance inadiável de Nill saber que seu grande amor existia. Só que o tempo foi passando e a fila não andava como a produção havia imaginado. Quando ainda faltavam umas 30 fãs à nossa frente, anunciou-se que, por motivo de força maior e pelo adiantado da hora, a promoção estava suspensa a partir daquele instante. Eu mal podia acreditar. Uma vida inteira esperando por aquele momento, tantos dias e noites com o coração oprimido de paixão e, quando tudo parecia convergir para o inevitável final feliz, aquele balde de água fria.

Voltei para casa andando a pé pelas ruas da cidade, arrasada, deixando rios de lágrimas pelo caminho. Passei horas a fio trancada no quarto, folheando aquela pasta com coleções e mais coleções de recortes, tentando compreender o motivo para o destino me reservar tal condenação. Desisti de ir ao show, arranquei todas as estrelas do teto, passei os meses seguintes dolorida sem querer ver e ouvir falar de Dominó. As provas de fim de ano chegaram, venci como pude a média mínima para passar sem recuperação, fui aprovada para a oitava série e, no primeiro dia de aula daquele 1986, quando a paixão doída já se transformava em uma quase cicatrizada ferida, avistei ao longe, saindo do bar da escola, o sósia de um outro artista por quem meu coração irradiava uma certa chama.

Ralph Macchio, o ator intérprete de Karatê Kid, ora, veja só, estudava um andar acima do meu — e só eu ainda não sabia. No meio do pátio, ao som da buzina que ordenava aos alunos que voltassem para a sala de aula, me vi imóvel, hipnotizada pelo magnetismo que saía dos olhos amendoados daquele rapaz moreno. Éramos feitos um para o outro. Mas isso já é o começo de uma outra história.

Ao colocar o ponto final neste livro, estico o pescoço, espio a estrada e percebo quantas outras primeiras vezes ainda estão por vir. Onde elas estiverem eu também lá estarei, eternamente em busca de sensações inéditas, desfazendo virgindades ao longo da jornada. Entusiasmada, feliz, reflexiva, contagiada pela perspectiva de tantas novas trajetórias. Também com medo, talvez triste, assustada, quem sabe até um pouco deprê. Pouco importa. Valioso mesmo é saber que há um mundo infinito de estreias, repleto de bons e maus momentos, sem fórmulas, à espera de ser explorado.

Ao colocar o ponto final neste livro, também me dou conta da importância dos sentimentos, dos relacionamentos e o equívoco de evitar correr riscos com medo de que alguma coisa dê errado. Muitas sempre deram e outras tantas ainda darão. Faz parte. A saída é rir da imperfeição, das repentinas mudanças de rumo, dos planos aparentemente perfeitos, mas de repente tão equivocados.

Embarcar em uma primeira vez é uma viagem de risco, sem dúvida. Mas não existe certeza maior de que a vida é feita de constantes estreias, ainda que às vezes um bocado atrapalhadas. E teria graça se não fosse assim?

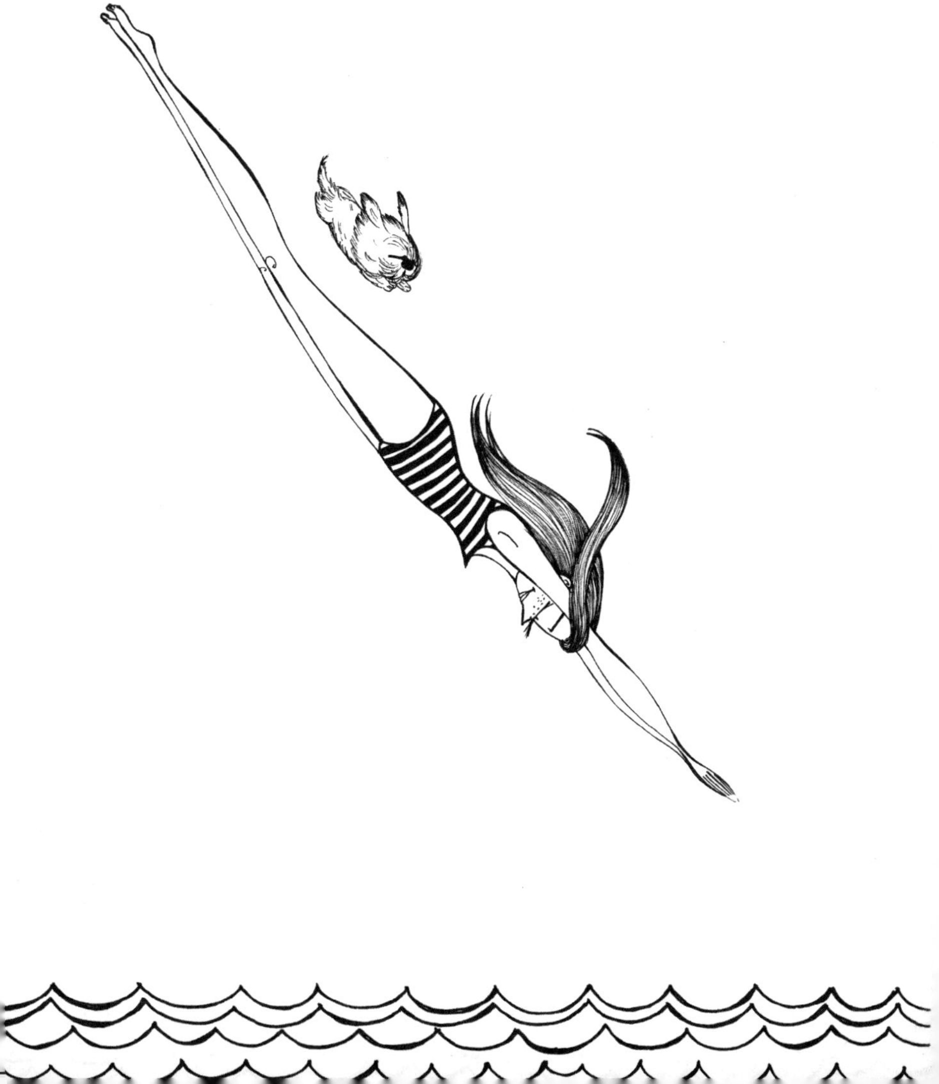

Para consultar nosso catálogo completo e obter mais informações
sobre os títulos, acesse www.dublinense.com.br.

dublinense

Este livro foi composto em fontes Arno Pro e Playfair Display
e impresso na gráfica Pallotti, em papel lux cream 70g, em dezembro de 201